JN306796

——それは12月24日、
クリスマスイブの夜の出来事だった。

竹宮ゆゆこ
イラスト◎ヤス

少年よ……目を覚ましたまえ。
クリスマスパーティの時間だ

眠い目を擦りながら目を開けると、

「うふふ❤　イケメン専用パーティ会場はこっちよ❤」

お色気サンタの亜美ちゃんが俺を手招きしている。イケメン……？

俺のことではないか。これは行かねばなるまい。

迷うことなく、俺は扉の中へ足を踏み入れた。

パーティ会場に入ると、男は俺一人だ。右を見てもギャル！
「キャー！　みてみて奈々子、すっごい美少年が来たわよ！
ねえねえそこのキミ、こっちに来て来て、もっと来て〜！」
左を見てもギャル！
「麻耶ったら騒がしいんだから……
でも、こういうタイプの知的な男の子、
あたしも嫌いじゃないなあ……？」
おっと、やめたまえ、そんなに強く胸を押しつけられたら
歩きにくいではないかフホホ……。
目のやり場に困りつつも、俺はさらに奥へと誘われていった。
期待はどんどん膨らんでいく。

「おっ、これはステキなジェントルメン！　YO！
パーティはまだ長い、よかったらここで腹ごしらえをしていきなされ！」
オゥフ！　怪しい奴！　結構！　No　sankyu！　いりません！
俺は華麗にスルーを決めた。
おてもと

「なによ……私やみのりんと一緒じゃおもしろくないっていうの？
せっかくのクリスマスだから、『楽しいこと』しようと思って
待ってたのに……もういい、ばか。帰るもん」
おっとこれはなんという!?
ままま待ちたまえ、キミはスルー対象ではない！
叫びながら、俺は必死に彼女の方へ走ろうとしたが、
「あいた！」……しまった、転んでしまったー！

あいたたた……起き上がった俺に、誰かが手を伸べてくれた。

「キミ、大丈夫か!? 気を確かに!」

「裸だよ俺たち裸だよ」

いやぁぁぁ!

汚い! グロい! 寄るでない! 隠したまえ!

俺はもっとかわいくてお色気たっぷりの
プリティサンタさんたちと遊びたいんだぁぁ!

「『かわいくてお色気たっぷりのプリティサンタ』
というのは俺のことかーい!?」
ぎゃ――――――……
――俺の悲鳴はクリスマスイブの
夢の中に溶けて……消えた……。

「け、けがわら、けわら、汚らわしいぃぃ！」

……っていう夢を見たんだよ！

「俺が一番気の毒じゃねえか！」

「なーんで私だけお色気じゃないのさー!?」

「やだぁ～春田くんってば～♥」

「おいおい、俺はもっと胸板厚いぞ？　見るか？」

「北村と一緒は嫌だー！」

「あらあら、困った困った……うふふ」

「エロ野郎！　さいってー！」

一部お見苦しい映像をお見せしてすいません！

本編はこんな悪夢ではないのでご安心ください！

デザイン◎荻窪裕司

とらドラ7!

1

——特に、考え事をしていたというつもりもないのだけれど。

冷え切ったボロベンチに座り込み、頭にグローブをかぽっと乗せたまま俯《うつむ》いて、櫛枝実乃梨《くしえだみのり》は今も立ち上がることができない。部員たちは口々に元気づけようと言葉をかけてくれる。部長、元気出してくださいよお。今日《きょう》はみんな調子《ちょうし》悪かったし。こんな日もあるよ。そもそも練習試合なんだから、そんな気にすんなって。……気にしないわけにはいかなかった。部長としてあまりに情けない。こんな惨《みじ》めなプレーをして、自分で自分を許せない。

そしてなにより本当に、真《ま》っ正直《しょうじき》に、雑念ゼロの百パー集中で試合に臨《のぞ》んでいたかと言われれば、頷《うなず》き切れない自分がいるのも事実なのだ。

あのとき。九回裏、ツーアウト、走者なし。三対一でリードの最終局面。

間抜けな音を立てて打ち返されたボールは緩《ゆる》い弧《こ》を描きワンバウンド、まるで構えたグローブの中に自《みず》ら「わーい」と飛び込んでくるみたいに思えた。よっしゃ、勝ったぜ、とキャッチ。ファーストで討《う》ち取って試合終了——のはずだった。しかし、「えっ!?」「なにしてんの櫛枝あっ！」「きゃー！」

悲鳴はこちらのベンチから。相手校ベンチからは「やったやった！」「いったれ、走れ！」と声が上がる。うっそだろ、髪の毛が全部逆立《さかだ》った。どうして投げる前にグローブからボールが零《こぼ》れた。慌《あわ》てれば慌てるほど事態は悪化、転々と転がるボールを拾《ひろ》おうとして爪先《つまさき》で蹴《け》ってしまう。「回れ回れ」という声が聞こえる。うそうそうそ、やばいやばいやばい、もう一度拾い損《そこ》ねたときにはすでにランナーは二塁《にるい》を回っている。悲鳴と歓声《かんせい》の中、ボールをやっと拾って三塁へ。しかし、悪送球。ランナーはそのままホームイン。で。

むせかえるような土埃《つちぼこり》の匂《にお》い。

どうしようもなく、身体《からだ》を冷やす真冬の風。

とある日曜《にちよう》の遅い午後。傾いた陽射《ひざ》し。

立ち上がれない敗者の自分。

……まるでドミノ倒しのようだった。エースナンバーを背負った櫛枝実乃梨《くしえだみのり》の間抜けをきっかけにブチッと切断されたチームの集中力は、それきり立て直しがきかなかったのだ。フォアボールで一人《ひとり》を塁に出し、重なるエラーであっという間にもう一点返されて、挙句《あげく》の果てがホームラン。

「あああ……もう……っ」

グローブ頭巾《ずきん》を被《かぶ》った頭を抱え込んで背を丸める。土で汚れた膝《ひざ》に構わず鼻を押し付ける。

みんなのせいなんかじゃない。練習試合だからしょうがないなんて思えない。調子《ちょうし》が悪かったのでもない。今日《きょう》に限っての話じゃない。

自分が、雑念だらけの自分が集中力を欠いていたから。だから、このザマなのだ。つまり今のままの自分でいたら、多分《たぶん》もう二度と試合には勝てない。

「……なーにやってんだぁ……私は……」

＊＊＊

「なにしてんのあんた!?」

「なんにもしてねえんだよ……」

グズグズグズグズグズグズグズグズグズグズグズドグズ！　――真冬の風は浴びせられた罵声《ばせい》とともに竜巻みたいな渦《うず》を描き、高須《たかす》竜児《りゅうじ》の足元からクルクルと吹《ふ》き上がる。凍《い》てつく風の渦の中で前髪を躍《おど》らせ、目を見開き、彼の姿はまさに魔王爆誕《まおうばくたん》の図。星の一つや二つは気まぐれにふっとばしかねない禍々《まがまが》しきご様子《ようす》。だが本人も、なにも望んで魔王となったわけではない。ただちょっと、事実を公然と指摘されて落ち込んでしまっただけなのだ。

「……しょうがねえだろ！　だって、」

ナゾの掛け声とともに左右ビタタン！　と往復ビンタを食らう。多分《たぶん》黙れと言われたのだろう。両頬押《りょうほお》さえて竜児《りゅうじ》は黙る。突然の暴行《ぼうこう》に、今日《きょう》も今日とてびっくりだ。そして、

「どぁーれっ！」

「言《い》い訳《わけ》するんじゃないよドグズが！　ドグズのドブスのドエロラッセルテリア！　一生米びつ当番！　おかかまぶし野郎！　とど黒ちゃんみたいなツラしやがって！」

更《さら》なる罵倒《ばとう》は異次元から射出《しゃしゅつ》されし多弾頭ミサイルの如《ごと》し。あらゆる角度から魔王《まおう》のハートを力任せにざっくり抉《えぐ》り、仕上げに「けーっ！」と嘲《あざけ》りの一声。乱暴者……いや、生《なま》ぬるい。いっそ「鬼」と呼びたいそいつは、偉そうにツーン！　とふんぞり返る。

その不遜《ふそん》なる立ち姿。突き上げた顎《あご》の傲慢《ごうまん》さ。侮蔑《ぶべつ》に満ちた半眼《はんがん》の冷酷《れいこく》さ。冷たい風に頬を薔薇色《ばらいろ》に染《そ》めて長い髪をかきあげる彼女こそ、逢坂大河《あいさかたいが》——手乗りタイガーの通り名で知られる美しき悪鬼《あっき》、その人であった。

フランス人形めいた精緻《せいち》な美貌《びぼう》に、〝手乗り〟と呼ばれる所以《ゆえん》でもある小柄《こがら》すぎる身体《からだ》、そして声は体躯《たいく》からは意外なほどに低く、クールで、抑揚《よくよう》少なく、

「……竜児はもう、一生ひとりもんのままで死ぬしかないんじゃないかな……」

斬《ざん》——袈裟懸《けさが》けに一閃《いっせん》。

竜児は路上で物言わぬ石像となる。往復ビンタより惨《むご》いと思う。まさに「罵《のの》り」「倒す」勢いで畳み掛けられた罵倒の末の、この残酷すぎる一言はどうだ。まさに暴力そのものではない

か。これでいいのかおまわりさん。これが正義なのか日本。これは法で取り締《し》まるべきではないのか。砕《くだ》け散った勇気をかき集め、ぽっきり折れた心を抱きしめ、竜児は両眼に力を込める。覚悟を決めて大河を睨《にら》む。

「い、……いつまでも、法治国家が、おまえを野放しにしていると思うなよ……！」

「はあ？」

決死の反駁《はんばく》は、耳をほじりながらの「はあ？」の前に、塵《ちり》となって一瞬《いっしゅん》で消滅した。トゲトゲしい沈黙《ちんもく》に隔《へだ》てられた二人《ふたり》の間を冷たい風が吹《ふ》き抜けていく。

そんな真冬の日曜日《にちようび》。

陽《ひ》が落ちるのは早かった。五時を少々過ぎた頃《ころ》だというのに、すでに空は夜の色をしている。おなじみの商店街は主婦や家族連れ、マスク姿のお婆《ばあ》ちゃんグループ、これから遊びに行くらしい若い奴《やつ》らなどで賑《にぎ》わい、ちょっとした混雑状態だ。

トン、と行き交《か》う人と軽く肘《ひじ》がぶつかり、竜児はとっさに軽く頭を下げて道を空《あ》ける。そうだ、いくらひどいことを言われて傷ついたとしても、いつまでも道のド真ん中で石化してはいられない。往来の邪魔《じゃま》になってしまう。生ける常識《じょうしき》人間に戻って再び歩き出そうとして、

「……あれ？　大河？」

つい今の今まで目の前で異次元ミサイルを発射していた鬼の姿が消えていることに気がついた。鬼とはいえ奴《やつ》は手乗りタイガー……我《われ》ながらほとんど意味不明だが、とにかく小柄なのだ

と言いたい。小柄《こがら》な大河《たいが》は人ごみに押し流されて、迷子《まいご》になってしまったのかもしれない。

「おーい！　大河ー、どこ行ったー！」

両腕にずっしり重いエコバッグをブラ下げ、竜児《りゅうじ》はしばし右へ左へ、消えた大河のつむじを捜して人ごみの中をうろつく。目印は腰まで届くウェーブヘアと、見るからに高そうな白いアンゴラのコート、そしてもこもこと三重巻きにした男物のマフラー。

帰る先はどうせ同じ高須家《たかすけ》だし、自宅に戻ったとしても大河のマンションは隣《となり》だし、こうなったら別々に帰途についてもいいとは思うが、この師走《しわす》の寒空の下で姿を見失ったままというのも少なからず不安だ。どうしたもんか、と眉間《みけん》に皺《しわ》を寄せつつ辺《あた》りを見回し、「ひっ……」子供を抱えて道の端《はし》に避ける若いママに心の声で語りかける——俺《おれ》は通《とお》り魔《ま》ではない。と、

「なにしてんのあんた。そんなとこに突っ立ってると、まるで通り魔そのものよ」

「おう！　どこ行ってたんだ、捜してたんだぞ！　……っていうか、おまえは本当に俺のことどうでもいいんだな……」

行《ゆ》き交う人の間からするりと現れた大河はにんまり笑い、これこれ、と右手に掴《つか》んだものを差し上げてみせる。半脱ぎ状態の包装紙で下半分を隠《かく》されているとはいえ、香《かぐわ》しいバターと甘いミルクの匂《にお》い、そしてあまりに特徴的《とくちょうてき》なリング型のそいつは見間違えようもない。

「……ドーナツ。そんなもん一体どこで」

「そこ。へっへー、いい匂いだったからついつい買っちゃった！　味はわからないからとりあ

えず一個ね。おいしかったら、もう一度並んでもっとたくさん買ってくる」

　大河がドーナツで指した路地の先には白いワゴン車が止まっていて、バックハッチを簡易店《かんいてん》舗《ぽ》代わりに開き、数人の男女が列を作っていた。言われてみれば、確《たし》かに辺りにはドーナツの甘い香りが漂っている。大河含め甘党の皆さんにはさぞかしたまらない匂いだろう。竜児とて甘味は決して嫌いではない。へえ、と思わず手書きの看板《かんばん》に目をやり、しかし即座に首を捻《ひね》る。マジックで書かれた店名と思《おぼ》しきその文字は、『クリスピークリーミー』……思いっきりなにかのパクリくさいというかパクリ以外のなにものでもないというか。

「……なんか、大丈夫かよそれ。店名がいきなり怪《あや》しいぞ」

「平気でしょ。ほらほらあの人、食べながら歩いてる。毒は盛られてないわよ。多分《たぶん》」

「なんでそんな覚悟してまで食わなきゃいけねえんだ」

「だってほら、クリスピークリーミー、って。はは、これって絶対パクリっぽい」

「だから怪しいんだろうが。まっとうな店なら商標がどうとかで、似すぎた名前はつけらんねえだろ」

「でも本家のは絶対食べられないもの、お店覗《のぞ》いたことあるけどいまだにあの混雑！　行列見ただけでうんざり！　けどさ、食べた人が言うでしょ、『サクッとして、フワッフワで、口の中でシュワー……って消えていく』って。それをどうしても味わってみたくて」

「まあ、他《ほか》のドーナツとは全然違うとはいうよな」

「そうそう。堂々《どうどう》とここまで似た名前で売るんだもん、似た感じになるように作ってるんじゃない？　ん～、いいにおい！　さて、お味は……」

んあーん、とデカい口を開け、大河《たいが》はお行儀《ぎょうぎ》悪く往来でドーナツのはじっこにかぶりついた。その瞬間《しゅんかん》こそご機嫌《きげん》な笑顔《えがお》、しかしそれは少しずつ曇《くも》って、もぐもぐと顎《あご》を動かすごとに表情は微妙になっていく。

「……どうだ？　他《ほか》の店とは全然違う、か？」

もぐもぐしながら、大河は頷《うなず》く。しかし目に見えるほど、テンションは低く。

「確《たし》かに……全然……違う。……なんていうか、パッサパッサ。口の中の水分がぎゅんぎゅん吸い取られていくわ……」

「残すなよ、ＭＯＴＴＡＩＮＡＩ」

「あっ、いいこと思いついた！　これ、あんたの部屋《へや》の押入れに入れておこう。きっと湿気を思いっきり吸うと思うの」

「残すなよ、ＭＯＴＴＡＩＮＡＩ」

「うぅ……」

少々恨《うら》めしそうにデカめのドーナツを見つめ、大河は口を尖《とが》らせる。同じものを買って食べ歩きしている人たちは、確かに元気そうだった。誰《だれ》も倒れてはいなかった。ただ、表情は一様に微妙。大河も微妙な表情の群れを形成する一部になる。「ドーナツだってぇ～！」「クリスピークリーム（誤）だってぇ〜！」きゃっきゃとお小遣《こづか》いを片手に嬉《うれ》しげに列に並ぶ女子中学生たちを、わざわざ「それまずいよ」と呼び止めてやるほどのおせっかいなどは竜児《りゅうじ》も大河も持ち合わせちゃいないが。

「ったく、夕食前に変なモン食いやがって。いくらしたんだよそれ」

「二百円……」

「にーひゃーくーえん！　二百円払って、おまえは押入れの湿気取り食わされてんのか！」

先ほどの罵倒《ばとう》の意趣返《いしゅがえ》し、というわけでもないのだが。ドーナツ片手にテンション下がりまくりの大河を前に、なにか言わずにはいられない。二度と同じミスを犯さないよう、これは教育的指導《しどう》である。

ちなみに今日《きょう》の夕食は、ブリと水菜《みずな》の日本酒仕立てシンプル鍋《なべ》。蓮根《れんこん》とごぼうの鳥皮入りピリカラきんぴらに、しょうがで炊《た》き込む雑穀米《ざっこくまい》。正直ブリは高かった。切り身とは言え、高かった。天然モノだから、高かった。でも買ったのだ、三人前。だって旬《しゅん》だし！　養殖ものだって安くはないからどうせ買うなら天然がよかったし！　そうだ、それに——

「今日のブリ鍋はおまえのお祝いだってのに！」

「わかってるってば……」

「気合が足らねえ！　わかってねえ！　そんなだからおまえは変な屋台ドーナツに騙《だま》されるんだよ！　ブリのお値段おまえも見ただろ!?　俺《おれ》の気合がわかるだろ!?　それをまずい間食なん

かで胃袋のスペースを無駄《むだ》に埋めやがって……つまんねえこと言いたかねえが、ブリはぶっちやけうちの奢《おご》りだ！　畜生《ちくしょう》、値段分はウソでもはしゃげ！」

「やったーやったーブリだブリだー！」

「もいっちょこーい！」

「ブリが大漁だーワッショーイ！」

ドーナツ片手に長い髪をふわふわ揺《ゆ》らして無表情のまま小躍《こおど》りする大河《たいが》を眺め、よし、と竜《りゅう》児《じ》は頷《うなず》いてみせる。これでブリも、そして高須家《たかすけ》の家計から消えた数枚《さつ》のお札も無事に成仏《じょうぶつ》できるってものだ。大河の小遣《こづか》い二百円は怨霊《おんりょう》となって永遠に彷徨《さまよ》い続けるのだろうが、そっちは竜児の管轄《かんかつ》ではない。

そうなのだ。今夜はお祝いなのだ。明日《あす》の月曜《げつよう》、晴れて大河の停学は明ける。明日から大河は登校できる。思えば二週間は早かった。

つまりあの悪夢みたいな事件から、もう二週間が経《た》つわけで――竜児は改めて息をつく。悪夢というかなんというか……いや、もう思い出すまい。思い出してもしょうがない。事実として、大河は退学にもならず、明日からまた学校に行ける。それだけで結構なことではないか。

竜児は穏《おだ》やかな気持ちでそう思うのに、

「……で。まだ話の途中《とちゅう》だった。どうしてあんたは、そうなのよ」

アンゴラコートのお嬢《じょう》さんは、つ、と両眼を眇《すが》めて見せる。そのわずかな目蓋《まぶた》の動きだけで滴《したた》るような暴虐《ぼうぎゃく》を予感させて。注意深く距離《きょり》を取りつつ、問い返す。

「……そう、とは？」

「どうしてそんなに、グズなのよ、と。どうして私っていうお邪魔虫《じゃまむし》がいなかったこのチャンスに、あんたはなんにもできてないのよ、と。どうしてみのりんと親密度を上げてないのよ、と。そう言いたいのよ私的には。一体なにをやっていたわけ？　なんのためにこの私がわざわざ停学になってやったと思ってんの？」

「……俺《おれ》のためにじゃねえだろ」

「話を摩《す》り替《か》えるんじゃないよ卑《ひ》怯者《きょうもの》！」

「……」

腹の底までじわっと染《し》み渡る理不尽《りふじん》さに、竜児は思わず口を噤《つぐ》む。ずいっと大河は距離を詰め、さらに追撃《ついげき》を開始する。

「私がいない隙《すき》に二人《ふたり》きりで登下校するなり！　お昼に誘《さそ》ってみるなり！　週末に遊んでみるなり！　するべきことはいくらでもあったでしょ!?　それがなに!?　メールのやり取りさえもしてない!?　は！　大笑いだわこのグズグズグ……いっ！　ベロ噛《か》んだ……！」

己《おのれ》の口を押さえて悶絶《もんぜつ》する大河を前に、竜児はチャンスとばかり、言《い》い訳《わけ》を発表することに成功する。

「だって本当にしょうがなかったんだよ！　おまえがいないと櫛枝《くしえだ》は朝の待ち合わせ場所にも

来てくれねえし、昼も他《ほか》の女子たちと食ってたし、その女子たちとは全然俺《おれ》、親しくねえし、放課後《ほうかご》はずっと部活だったたっぽいし！　メールだって、送る用件なんかそうそう気軽には思いつかねえし！」

言ってしまえば、我《われ》ながらなんと情《なさ》けない。しかしこれが真実なのだ。

大河《たいが》が停学になって学校に通わなくなると、途端《とたん》に竜児《りゅうじ》と実乃梨《みのり》の接点はなくなってしまった。これまでの長い片想《かたおも》いの日々の積《つ》み重ねによって、多少なりとも二人《ふたり》の距離《きょり》は縮《ちぢ》まったと——いまだ恋愛関係ではなくとも、少なくとも友人関係は結ばれたと思っていたのに、結局大河という共通項なしには、竜児は実乃梨と会話することさえもままならなかった。もちろんなにも無視しあっていたわけではなく、おはようだの、バイバイだの、ＹＯ！　元気？　だの、それぐらいの挨拶《あいさつ》は会えば交《か》わしたが。

長い溜息《ためいき》をつきかけたところで、しかし竜児の動きは止まる。待てよ、と顔を上げる。

「……それでも四月の頃《ころ》から比べたら、結構偉大な進展か……？　うん、そうかもな」

ひとり腕を組み、うんうんそうかも、と納得《なっとく》しかけ、

「な、わ、け、な、い、で、しょ、こ、の、ぐ、ず」

「ひわわぁ〜い……っ」

出したことのない新しい悲鳴が喉《のど》から溢《あふ》れ出た。さすが大河、稀有《けう》なる悲鳴メーカー、とか言っている場合では全然なかった。

大河の指は竜児の上唇を毟《むし》り取るみたいに摘《つま》み上げ、そのまま上方に目一杯めくろうとするのだ。はぐきと上唇の内側を結ぶ部分が「びり」と今にもいきそうな状況、顔ごとめくられそうな恐怖に竜児は思わず仰《あお》のき、爪先《つまさき》立《だ》つ。

「待ち合わせに来てくれないとかなんとか、ばーか！　ばーかばーかぶわぁあーかっ！　あんたどんだけ『待ちの姿勢』でいやがる⁉　なにサマのつもり⁉　ハチ公《こう》気取りか⁉　黙《だま》って受身で待ってりゃみのりんが都合《つごう》よくお誘《さそ》いかけてくれるとでも⁉　あーらあらあらとんでもない野郎だわこりゃ！　まー恐ろしい！　なんてこと！」

「はうぅひぃわわ～！」

上唇をあってはならない力でめくり上げつつ、大河はドーナツを振り上げる。それでなにをされるやら、想像するだに恐ろしい。

「そのご都合《つごう》主義な待ち体質はもはや死罪！　あの世でみのりんを待ち続けな！」

「はっひぁあぁあ～！」

――たすけて！

正真正銘《しょうしんしょうめい》の危機《きき》に、目を閉じて走馬灯《そうまとう》を鑑賞《かんしょう》し始める。保育園……卒園式での粗相《そそう》……小学校入学……俺だけランドセルが中古……二年生の遠足……泰子《やすこ》が寝坊して弁当ナシ……ちょうどその頃から……あだ名は極道《ごくどう》クンで定着……と。

「あ」

小さな声とともに、大河《たいが》の指が唐突《とうとつ》に上唇から離《はな》れた。顔面《がんめん》を吊《つ》り上げる上方の引力から解放されてよろめき、涙で濡《ぬ》れる目を開けた。そして、

「……おう……！」

竜児《りゅうじ》も低く呻《うめ》く。周囲の人々も足を止め、その光景にあちこちで「わあ！」「すっげー！」と声を上げる。

道を挟《はさ》んで並ぶ商店街の店先を、光の帯が走っていた。

町内会で誂《あつら》えたのだろうイルミネーションが、一斉に点灯されたのだ。キラキラ輝《かがや》く金色《きんいろ》の光は、軒《のき》を這《は》うようにループを描いたり波を描いたりしながら点滅を繰《く》り返し、ブルーの煌《きら》めきは瞬《また》きながらずっと先まで続く眩《まぶ》しいアーチ。商店街の空は一瞬《いっしゅん》にして鮮《あざ》やか過ぎるプラネタリウムとなって、淡《あわ》い夕の星々などかき消してしまった。

その光の、美しさ。

シャンシャンシャン、と鈴《すず》の音《ね》で始まるBGMがスピーカーからは流れ始め、街灯に吊るされたモミの木を模《も》したランプには笑顔《えがお》のサンタと赤鼻のトナカイがしがみついてピカピカ眩しく光る。吹《ふ》き出し型のイルミネーションには、メリークリスマス！と文字が瞬く。

「……そうか……ああ、そうか！もうすぐクリスマスなんだ……！」

キラキラと光るイルミネーションの中、大河は大きく腕を広げ、天を仰《あお》いだ。見たことがないような無邪気《むじゃき》な笑《え》みを浮かべ、くるりと回って竜児を振り返り、声を上げる。

「すっっっ……ごぉーいっ！　ああ、なんてきれいなの！　……なんて素敵《すてき》！　去年はこんな豪華《ごうか》なイルミネーションじゃなかったのに！」

その瞳《ひとみ》の中に煌く発光ダイオードが映り込み、宝石のように眩《まばゆ》く輝く。「どこかにツリーもあるのかな⁉」——そんな大河の様子《ようす》に、竜児も思わず上唇の痛みを忘れて笑顔になる。

「おう、今年《ことし》の飾りはすげえ気合入ってんな。クリスマスか、そういえばもうすぐだ」

「私ね、クリスマス、大っっっっ……」

ぎゅ～っと目を閉じ拳《こぶし》も握ってしゃがみ込んだ大河は、「好き！」と叫びながら花火みたいに、ビヨーンと大の字になっておばかに飛ぶ。あの子すっげーはしゃいでる、と知らない人たちまで笑顔になる。天に向けて広げた両手を思いっきり伸ばして反《そ》り返ったまま、大河の瞳の煌きは一層《いっそう》キラキラと眩く。いっそ泣き出しそうに、潤《うる》んでいるようにさえ。

「ああ、なんて楽しみ……！　しばらく、いいこにしてなくちゃ！　いいこでいなくちゃ！　そろそろ日本上空に近づいてきてるだろうからね！」

「なにが？」

「決まってるでしょ、サンタよ！　サンタクロース！」

恥《はじ》も外聞《がいぶん》もなくそう叫び、大河は満面の笑顔を見せるなり、

「貸して、荷物片方持ってあげる」

竜児の腕からエコバッグを一つ奪《うば》いさる。あっ、引ったくり……じゃなくて。思わず、

「……な、なによ？」

「死ぬな、大河《たいが》！」

熱《ねつ》なんかないってば、と、額《ひたい》に押し付けられた竜児《りゅうじ》の手をのけつつ、その手つきはいつもよりもよほど優《やさ》しいのだ。真剣味を帯びた視線《しせん》にも、今だけは険《けん》も嘲《あざけ》りも皆無《かいむ》。

「たまにはお手伝《てつだ》いさせてほしいの、それだけよ！　サンタが接近してる今ぐらいは、ほんとにいいこでいるつもりなんだから。クリスマス、私ほんとにほんとに大好きなの！」

「いや、それはわかったけどよ、あんまりにもいきなりで……っていうか、なんでだよ？　どうしてそんなにクリスマスが好きなんだ？」

「どうして、って、なに言ってんのよ！　クリスマスが好きなのに理由がいる!?　ほら、街がこうやってキラキラ綺麗《きれい》になって、みんなニコニコして、ハッピーで……そうだ！　竜児お願《ねが》い、二十五日はすっごいご馳走《ちそう》作ってよ！　普段《ふだん》は食べたことないような、すっごいの！　鳥ドーン！　とか、牛ドーン！　とか！　外人が食べるような奴《やつ》！」

鳥ドーンの、牛ドーン。

……いまだかつて、これほど竜児の心を躍《おど》らせる言葉があっただろうか。竜児の吊《つ》り上がった三白眼《さんぱくがん》が狂おしい興奮《こうふん》の煌《きらめ》きを帯びて揺《ゆ》れる。そして舌なめずり……なにも、鳥ドーン！　牛ドーン！　人ドーン！　ひぎぃぎゃあっはっはぁふぅー！　とか思っているわけではない。ロマンチックなクリスマスのイルミネーションが、見開いた瞳《ひとみ》の中にきらきらと映り込んでいるだけだ。

「そう言われると、俄然腕《がぜん》が鳴るな……！　おう、燃《も》えてきた！　クリスマスは非日常のご馳走だな！　よっしゃ任せとけ！」

「任せた！　私はデパ地下行って、いっちばんおいしいケーキをホールで買っちゃうんだ！　えっへっへ、どこのにしよう!?　やっぱブッシュドノエルかな!?　ああ、雑誌とか買って研究しなくちゃ！　そうだ、やっちゃんにはシャンパンも用意しよっと、最高級の奴！」

キャー楽しみー！　と二人《ふたり》して路上でひとしきり盛り上がり、そしてだ。さて、と不意に口を噤《つぐ》むタイミングまでぴったりシンクロ。

「で、問題は……」

「……イブ、よね。……誰《だれ》が決めたか知らないけど」

「世間ではカップルの日、とされている……」

竜児と大河は互いに目を見交《みか》わし、一瞬《いっしゅん》後に、揃《そろ》って「はあ〜」と。もちろん脳裏《のうり》に描くのは、それぞれの想い人《おもびと》のことだ。竜児にとっては櫛枝実乃梨《くしえだみのり》、大河にとっては北村祐作《きたむらゆうさく》。

特に大河の場合は溜息《ためいき》ぐらいつきたくなるだろう事情もあった。

「……私はもう、絶対だめ。誘《さそ》ったりなんかできない。なんか、……なんていうの？　つけこむ？　みたいな感じじゃない。……失恋したての、寂《さび》しいところに」

それは二週間前のこと。大河が停学になったのと同じ日に、北村は前生徒会長に全校生徒の前でフラれるという離《はな》れ業《わざ》を見事にやってのけたのだった。

北村《きたむら》に好きな兄……女がいたという事実だけでも大河《たいが》にとってはショックだろうに、その兄……女が留学という形で物理的に離れてしまったせいで、余計《よけい》に「フェア」な状況を作りづらくなっている。それは竜児《りゅうじ》にも十分に理解できた。

そしてフェアな状況を作りづらいといえば、

「しかも、北村はおまえが停学になったことをかなり気にしてるしな」

「うそ！　……ほんと？　た、確《たし》かに何度か『どうしてる？』メールはもらったけど」

「本当だよ。おまえが北村を誘《さそ》ったら、奴《やつ》は絶対に断ったりしねえよ」

「あぁ……でしょ⁉　そういうの、嫌《いや》じゃない！　なんかこう……目に見えない強制力、みたいな……誘われて本当に嬉《うれ》しいと思ってくれたのか、それとも気を使ってくれたのか、わからなくなっちゃうじゃない……」

「……確かにな。ここでその機《き》に乗じて一気に勝負に持ち込めるような器用な女だったら、おまえは停学明け前夜の日曜《にちよう》の夜に、俺《おれ》と夕飯の買い物なんかのんきにしちゃいねえしな」

そのとーり……としょぼしょぼ呟《つぶや》く大河と連れ立ち、竜児は再びゆっくりと歩き始める。

大河の恋を応援したいのはもちろんだが、あまりに状況は困難《こんなん》すぎた。大河は北村を振った相手にケンカを売り、それが原因で停学になったのだ。北村は当然大河に負い目があって、大河がなにかを望めばそれを拒《こば》むわけにもいかないだろう。つまり有利すぎるがゆえにアンフェアで、かえって動きがとれなくなってしまったわけだ。

しょぼしょぼ大河の傍《かたわ》らで、一方竜児もまたしょぼくれる。自分だって、好きな相手をイブのデートに誘うことなど、絶対できないと思う。

実乃梨《みのり》を誘えない理由なら、大河のよりもっと単純だ。まず、その日がイブだということ。正直ものすごくプレッシャー。あまりにも全世界的に（日本だけか？）、十二月二十四日という日付は、恋愛的に重要局面すぎる。もちろんそんな日だからこそ好きな相手をお誘いしたいと思うのだが、この日にデートなどしようものなら、それはもう、告白かプロポーズか、だろう。「今日《きょう》は楽しかったね、それじゃーまたね」で済ませられるような日ではないと思うのだ。

そして実乃梨に告白するなど――むむむ無理だ。まだ早い、無理だ。そして次の理由はもっと現実的、イブなどという飲食業の書き入れ時には、勤労命の実乃梨は普通にバイトに入っているのではないか、ということ。非常にこれはありそうで。

「あーあ……櫛枝《くしえだ》を誘うのは無理にしても、家にいても退屈だな。かと言って外出りゃカップルどもがベタクソやってるんだろうし……ＤＶＤでもレンタルしておまえんちで見るか」

「はあ!?　なに言ってんだこのドスケベニンゲ――」

おっといけない、いいこいいこ……罵倒《ばとう》しようと歪《ゆが》めた口をパクンと閉じ、大河は己《おのれ》の顔を眉間《みけん》中心にモミモミ揉《も》み解《ほぐ》す。そして対サンタ仕様の穏《おだ》やかな顔を作り、

「……性欲旺盛《おうせい》な竜児ったら。だめじゃない、なにを言うの。あんたはちゃーんと、みのりん

誘《さそ》うの。大丈夫、あんたには私がついてるわ。この恋の天使に生まれ変わりしエンジェル大河《たいが》さまがね」

イエイ、と勝利のブイサイン。竜児《りゅうじ》は思わず、

「気持ちが悪い！」

素直な気持ちが口をつく。しかし大河はそれでも穏《おだ》やか、合掌《がっしょう》して、

「なんとでもお言い。今の私は生き仏」

「川嶋《かわしま》みてえな顔面《がんめん》変化しやがって！　つーか仏かよ！　天使じゃねえのか！」

「あー、天使天使。エンジェル大河はみんなのハッピーなクリスマスのために、一肌も二肌も脱いで、挙句《あげく》の果てにはまっぱになったっていいぐらいの不退転の覚悟を決めたの」

「……なるんだな、まっぱに。聞いたからな、しっかりと。なってもらおうじゃねえかよ」

「ご自由にどうぞ！　ただしご利用は計画的に！　とにかくあんたはみのりんをイブデートに誘うこと！　絶対！　エンジェル大河が全面的にプロデュースするから！　うへへ～、サンタさん見てるかしら～！　この私の清らかにして善良なる決意～！」

「……」

イルミネーションに瞳《ひとみ》をキラキラさせながら調子《ちょうし》こいてる大河を前に、竜児はもはやつっこむ気力もない。正直、クリスマスが来るというだけでここまでハッピーハイテンション状態に変化してしまう大河を理解するのは難《むずか》しすぎる。竜児にはわからなすぎる。しかももとより

成功率激低のミッション、さらにハードルを上げてどうする。ヤル気になっている大河ほど、危なっかしいものはないのだ——口に出しては言えないが。

「竜児、がんばるのよ！　そうよ、クリスマスだもん！　……みんなに、ハッピーでいてほしいもん！　だから私は『いいこ』でいなくちゃ！」

髪を揺《ゆ》らして大河はグッとイルミネーションを仰《あお》ぎ、目を輝《かがや》かせ、不退転の決意とやらをさらに固くしたらしい。比例するみたいに危なっかしさもぐんぐん増し、

「……おまえのプロデュースなんて、いらねえから。やめてくれ、マジで」

「なんでよ」

ついに竜児は口火を切った。

「だって絶対無理だから！　イブにデートに誘うなんて、好きっていうのがバレバレだろ!?　やっぱり無理だ、無理すぎる！　明らかに怪《あや》しい！　さりげなく、なんてできねえ！」

「別にさりげなくなくなかな、た、く、……さりげなく、なくたって、いいじゃない」

偉そうに胸を張って片眉《かたまゆ》を上げ、エンジェル大河は竜児の鼻先に白い指を突きつける。おお危ない——大河がエンジェルバージョンでなければ、このまま鼻の穴をぶっさされて脳までツンツクされてるところだ。

「バレバレでいいのよ。そうよ、この際きっぱり告白すればいいんだ。せっかくのクリスマスなんだから、一番伝えたいことを伝えなくちゃ！　素直におなり、竜児！　あんたの背後霊《はいごれい》に

は私とサンタがついてっから！」

「こここ……こく……っ！　……ばか！　できるわけねえだろ!?　おまえが天使だろうが仏だろうがサンタが見てようがなんだろうが、無理なもんは無理だって！」

ほとんど脳天から血を噴《ふ》きそうになりながら、竜児《りゅうじ》は必死に首を横に振った。そりゃ、自分だって想《おも》いを伝えたいさ。好きだときっぱり言いたいさ。クリスマスイブに、恋人たちの日に、長い片想いを実らせてみたいさ。

しかしあまりに竜児は不器用で、しかも小心でマイナス思考。一方的な想いが実乃梨《みのり》を困らせたらとか、これまで築《きず》いたかすかな縁《えん》まで断ち切るようなことにはなるまいかとか、悪いことばかり考えてしまうのだ。どうしても告白の先に、幸せな次のステップが待っているとは思えない。だったら現状維持《いじ》でいい、そんなふうにも思ってしまう。

だーいじょうぶだいじょうぶ、私にまかせておっきなさーい、歌うように囁《ささや》きながら大河《たいが》は先に立って歩き始める。そして忙《せわ》しなく行き交う雑踏《ざっとう》の中、不意にくるりと振り返り、なにを思ったか、かじりかけの押入れの湿気取り……じゃなくてドーナツの輪《わ》を、頭の上に掲《かか》げてみせた。

「ふへへ、どうどう？　ほんとに天使に見えてこない!?」

「……見えねえし。ってか、カスが脳天に落ちてるし」

「うそっ!?　うわわ……はたいてはたいて！」

悲しいほどにアホな大河《たいが》のつむじを、竜児《りゅうじ》は溜息《ためいき》まじりにはたいてやる。甘い香《かお》りの小さな欠片《かけら》が、パラパラとその鼻先に、長い髪に落ちる。アホだろこいつは、本当に。

——まあ、しかし。なんだ。

プロデュース云々《うんぬん》はさて置いても、「いいこ」の大河というやつも、年に一度ぐらいはあってもいいのかもしれない。顔にまで落ちてきたドーナツの欠片を小さな手でぺっぺと払う大河を見下ろし、竜児はわずかに笑ってしまう。

クリスマスのひとときをハッピーに過ごしたいのは、多分《たぶん》、全人類の願《ねが》いだろうから。

＊＊＊

「あっ！　来たぞ、タイガーさんだ！」

「手乗りタイガーが学校に戻ったぞー！」

「タイガーさーん！　お勤《つと》めご苦労さまでしたぁーっ！」

うおおおおおぉぉぉ！　——地鳴りのような野太い叫び声が、騒々《そうぞう》しい足音とともに鳴り響《ひび》く。竜児は思わず身体《からだ》を縮《ちぢ》め、廊下の端に素早《すばや》く避ける。そしてその行動は正解だった。

二週間ぶりに登校相成《あいな》った大河を取り囲むは、右に野郎、左にも野郎、前にも野郎、後ろにも野郎、野郎、野郎、野郎野郎野郎野郎……野郎一色の「手乗りタイガーファンクラブ」。またの名を、格闘技《かくとうぎ》マニアな男子生徒たち。手乗りタイガーこと逢坂《あいさか》大河の持つ圧倒的パワーと天性の格闘センス、そしてサドッ気溢《あふ》れる容赦《ようしゃ》のない暴虐《ぼうぎゃく》に、熱《あつ》い眼差《まなざ》しを向け続ける男どもの一群である。その存在は、実は結構以前から知られていた。彼らは徐々《じょじょ》に数を増し、大河がプロレスとミスコンで活躍《かつやく》した文化祭を境に爆発的《ばくはつてき》に増殖、気がつけば立派な変態軍団としてかなりの頭数を揃《そろ》えていたのだ。

「ちょっと高須《たかす》くんはどいていてくれ！　タイガーさん、訊《き》きたいことがあるんだ！」

「……おう！」

押しのけられ、竜児はさらに壁《かべ》に押し付けられる。一緒《いっしょ》に登校してきた大河はあっという間に数十人の野郎どもに取り囲まれ、真冬だというのにホカホカてかてかと熱《あつ》く吼《ほ》える熱狂《ねっきょう》の渦《うず》に巻き込まれて足止めを食う。

「タイガーさん！　俺《おれ》たちはどうしても知りたいんです！　幻《まぼろし》の兄貴vs手乗りタイガー戦、あれはタイガーさんの勝利でいいんですよね!?」

「兄貴の留学を知って、タイガーさんが白黒つけるために最初で最後の殴りこみをかけたんですよね!?　うおお、この燃《も》え展開！」

「俺たちはタイガーさんの勝利を信じてるんだー！」

なんてことだ……と、熱狂の輪《わ》から蹴《け》り出された竜児は悟る。二週間前の悪夢のバトルは、事情を知らぬ生徒たちの間では、そういう話になっているらしい。そして勝敗自体が藪《やぶ》の中のまま兄貴は留学、大河《たいが》は停学——しかしあれはそんな単純なケンカなどではなかったのだが。

「……静まれぃっ！」

大河の声に、おぉ……と野郎どもが押し黙《だま》る。辺《あた》りを制するみたいに腕を振り上げた大河の姿を、眩《まぶ》しげに目を細めてご神体みたいにありがたく仰《あお》ぐ。ゴク、と竜児《りゅうじ》は息を飲む。普段《ふだん》の大河ならこいつらなどケー！　とかカー！　とかの一声でちぎっては投げちぎっては投げ、蹴《け》り上げて踏みつけて唾《つば》でも引っ掛けてあとはシカト、そういう扱いで終わるはずだ。しかし今日《きょう》の大河は、

「あの日の戦いは……超大変であった！　いろいろあって、やばかった！」

やたらとノリノリ。芝居《しばい》がかって腕を組み、回想するみたいに目を閉じるのだ。

野郎どもは大河のお言葉に固唾《かたず》を飲んで耳を傾ける。そして野郎の輪《わ》の中で仁王立《におうだ》ち、大河はくわっ、と目を見開く。

「しか——あしっ！」

野郎どもが直立不動でざわめく。そして竜児は悟った。なるほど、これもクリスマス特別バージョン『いいこ』エンジェル大河の一環《いっかん》、というわけか。いいこの大河はクリスマスを控え、鬱陶《うっとう》しいファンどもにもハッピーとやらを与えてやろうとしているわけだ。

「貴様たちにはわかるであろう！　最後にリングに立っていた者が勝者だ！　つまーり！　この我輩《わがはい》こそが真の勝者ナリよ——っっっ！」

　コロスケか！　と一人《ひとり》つっこむ竜児を他所《よそ》に、「うおぉぉおおお――――っっ！」「ついに出た、勝利宣言だぁ――――っっ！」「俺《おれ》たちのタイガーさんがナンバーワ――――ンっっ！」……野郎どもは目に涙さえ溜《た》めて、用意していたらしきクラッカーを撃《う》ち鳴らす。紙ふぶきを放り投げる。拍手と絶叫と歓喜《かんき》の中を、なぜか自然発生的に、「うぃ～、あ～ざちゃんぴおん……」合唱まで始まる。そうして廊下の両端にズラリと奴《やつ》らは並び、向かい合って手を高く組んで花道を作り、熱《あつ》いタイガーコールで大河を教室に送ってくれる。エンジェル大河は鷹揚《おうよう》に頷《うなず》いて狂おしいコールに応《こた》えつつ、花道をズンズン進んでいく。「これからも頼むぜぇ！」「タイガーさん最強っ！」などと肩や背中を男の力でバンバン叩《たた》かれても、薔薇《ばら》の花びらめいた唇に浮かべた上機嫌《じょうきげん》な笑《え》みを絶やすことはない。時には「一発下さいっ！」と顔を突き出してくる奴を全力のビンタでぶっ飛ばしたりもし、歓声はさらに大きく膨《ふく》らんでいく。

　なんだこれ……と引きまくりの竜児の背中を、そのとき誰《だれ》かが「高須《たかす》くんも行けよ！」と花道に押し込んでくれる。後戻りもできず、なんとなく大河の肩に両手をかけて後ろに続き、二人《ふたり》はまるでリングへ入場していく選手《せんしゅ》とジャーマネ、タイガーコールと低い合唱の中をともに歩く羽目《はめ》になる。しかしまあ、なんだかこれはこれで楽しい――といえば、真《ま》っ正直《しょうじき》にウソになる。いやだこんなもん。

「お、おまえ……これでいいのか!?」

「ぬぁーっはっはっはっはー！　最高よ！　私の復学をこんなにもたくさんのファンたちが待

っていてくれたとはね！　勢いで学校辞《や》めないでよかったわ！」

「タイガーさん！　俺《おれ》にも一発！」

「よくてよ！」

スッパーン！　と鋭《するど》いビンタがさらにもう一発。頂いた奴《やつ》は腫《は》れた頬《ほお》をなでなでし、陶然《とうぜん》と床《ゆか》にスッ転がる。それはそれは幸せそうなツラだが、竜児《りゅうじ》的にはこんなところでこれ以上野郎どもの熱気《ねっき》に取り囲まれている場合ではないのだ。

「そんなことより……わかってんだろ⁉　とっととこいつら振り切って、早く教室に行こうぜ！」

「あーはいはい、わかってるったら」

二両連結状態のまま大河《たいが》と竜児はスピードアップ、熱苦《あつくる》しくも男臭《おとこくさ》い花道を抜けて拍手をバックに2-Cへ向かう。

気にかかることは二人《ふたり》とも同じのはず。

実乃梨《みのり》は毎朝の待ち合わせ場所にいなかったのだ。今日《きょう》は大河の記念すべき復学の日だというのに。ギリギリではあったが、遅刻もしていないのに。メールでの「先行くよ」連絡もなかった。こんなことは初めてで、ひょっとして、実乃梨は体調《たいちょう》でも崩《くず》して今日は休みなのだろうか――とか、

「張り詰めた～腿《もも》の～……」

竜児がそんなことを思いつつ、教室のドアを開いたその瞬間《しゅんかん》だった。喉《のど》を開いたハイトーンボイスが突如《とつじょ》響《ひび》き渡る。

「震《ふる》える腱《けん》よ～……」

「……な、なにごとだ⁉」

櫛枝《くしえだ》実乃梨だ。

昼には草。誰《だれ》かの机の上にケツ。

寒風に頬《ほお》を赤くして制服の上に紺色《こんいろ》のピーコート、タータンチェックのマフラーをひっかけて今まさに登校したばかりといった雰囲気で、彼女はカストラートボイスで歌っていた。眼差《まなざ》しに映るは太古の森。これは……と黙《だま》り込む竜児の傍《かたわ》ら、しかし、この程度の不思議《ふしぎ》状況に今《いま》更驚《さらおどろ》く大河ではない。

「みのりーんっ！　私学校に戻ってきたよ！　だからそんな変な歌やめてだっこーっ！」

ビヨーンとジャンピングだっこでしがみつかれ、バランスを崩した実乃梨は腰掛けた机から転がり落ちかける。危ないところで持ちこたえ、

「ふぐっ……私を解き放て！　私は人間だ！」

「みのりんみのりんみーのりーんぬ！」

「生きろ！　そなたも人間だ！」

「みのりんぬが好きだー！　ふがー！」

「ああ、抗《あらが》えない……！　みのりんもそなたが好きだー！」

よろめきつつも、実乃梨《みのり》は甘える人間崩壊大河《ほうかいたいが》をしっかりと抱えてやった。つむじに鼻を擦《こす》りつけ、髪をぐしゃぐしゃになるまでかき回し、むっちゃくちゃに抱きしめてやる。ちなみに大河はグレーのダッフルに真冬仕様の黒タイツ（本気の100デニール）、今日《きょう》はマフラーは竜児《りゅうじ》から奪《うば》わず、自分の長い髪をコートの中につっこむようにして首元を守っている。

「もー！　みのりぬー！　ほんとぬほんとぬ会いたかったんだよおお〜んぬ！」

大河は実乃梨の首筋に顔を埋め、ほとんど泣き声でがっつんがっつんデコで攻めていく。すべてを顎《あご》で受け止め、実乃梨はぶちゅっちゅちゅっぱと大河のデコにキッスのスタンプを。

「よーしよしよしよし！　大河の今の知能はレイさんクラス！　おっと、レイといっても綾波《あやなみ》じゃないぜ？　巨大宇宙牛のほうだ！　ブモー！」

「なにそれしんない！　それよりなんで朝いっしょしてくんなかったんだよー！」

「いやあ、実は今朝《けさ》は私が遅刻して、あせってダッシュで来たんだって。だから腿《もも》とかパンパンで……つか、なんで遅刻した私が、君らを追い越して先に教室についてるのさ⁉」

えーコホン、と咳払《せきばら》い、緊張《きんちょう》を隠《かく》しつつ満を持して高須《たかす》竜児！　一歩前へ！　撃《う》ち方用意！
3、2、1……てーっ！
「お、おう、それが、なんかそこで変な奴《やつ》らに取り囲まれ」

「黙《だま》れ小僧！」

ハイ即死ー！

——というのはまあ比喩《ひゆ》だが、それにしても竜児は死んだ。胸にくっきり刻まれしはエスにエイチ、オーにシーにケー。ほとんど死後の世界を見たと思った。黙れって言われた。いつでも元気で優《やさ》しい実乃梨が、美輪《みわ》ボイスで、歯を剥《む》き出して、竜児に黙れって、言った……嫌われた……。竜児の顔面《がんめん》から生気《せいき》が失われていく。魂《たましい》が昇天していく。実乃梨にしがみついたまま状況を目《ま》の当たり、大河は堪《こら》えきれずに「ブー！」と噴《ふ》き出す。

慌《あわ》てたのは実乃梨で、

「お……おおっ!? 俺《おれ》イマなんつった!? ひょっとして……ネタの（チョイス）!? ミスった（予感）！ やーらーかーしーたー!? やばい（ごめん）！ 忘れて（くれよ）！ あぁあ——私が——アホでなーけーれば——っ……あ？」

ワナワナ震《ふる》えつつ熱唱《ねつしょう》し、顔を引《ひ》き攣《つ》らせ、しかし唐突《とうとつ》に、

「いや、待って下さい!? これはかえってラッキーですよ!?」

パア……！ と顔面をテラテラ光らせる。此方《こなた》の一切を置いてけぼりに。

「ほら！ こんなミスをしでかしたからには反省の意を表しないとならないわけですよ！ うん、そうだ、こんなミスをしたおかげでほら！ あー！ なんてラッキーなんだー！ なんとなく持ち歩いているお気に入りのこのグッズを、こうして正々堂々《せいせいどうどう》使用することができるんですから！ これはラッキーすぎですよぉー！」

押しのけられて大河《たいが》がぼてっと床《ゆか》に落ちる。構わず実乃梨《みのり》はカバンからハゲヅラを取り出す。そしてそいつをがっぽり装着、

「ほら！　こんなにもラッキーでしたよお！　いやあついてるなあー！　自然な流れでかぶることができましたよおー！　信じられないほどに幸運すぎでうわああああああん！」

泣き出した。

ハゲヅラをかぶり、コートのまま床に突っ伏し、カバンも放り出していきなりの男泣き、うおおおんうおおおん、オラもうだめだー！　とか叫びつつ。

「み……みのりん!?　どしたの!?」

「ちよ、櫛枝《くしえだ》！　とりあえず起きろ、床はきたねえから！」

大河と竜児《りゅうじ》だけではなく、さすがに周りからも「なんだなんだ」とヤジウマな面々が集《つど》い出す。まーた櫛枝が狂ったか、などと囁《ささや》き交《か》わしながら。

「うーっす高須《たかす》！　お、タイガー久しぶりだよタイガー！　櫛枝なにしてんの？」

「お～っとタイガ～じゃ～ん！　イエ～元気!?　櫛枝また壊《こわ》れたん？」

能登《のと》と春田《はるた》もやってきて竜児の肩を叩《たた》きつつ、狂乱の実乃梨を見下ろすが。

コートを着たままの実乃梨は冷たい床にそのままうずくまり、頭を抱えて「マジで坊主になるべきなのよ私ー……」と。それでようやく顔を上げ、グシュンと鼻を鳴らしてマジ泣きボロクシャな顔のままでヤケクソ気味に叫ぶのだ。

「あー持ってて良かったハゲカツラ！　しばらく私、これでいかせてもらうわ！」

これで——ハゲヅラ装着のままで、しばらく。花の女子高生生活を。限りあるヤングライフを。

どこからどうつっこめばいいのかもわからず、竜児は唖然《あぜん》と言葉を失《な》くす。大河も大河なりに動揺《どうよう》したのか、あうあうと顎《あご》をしゃくれさせる。やめなよ……と囁くのが精一杯で。

「いやいやいや……つうかね……」

妙に老いさらばえた声を作り、スン、と鼻をすすり、実乃梨は眉間《みけん》に皺《しわ》を寄せてハゲヅラにのの字を書く。竜児にしてみればそんな仕草《しぐさ》までなんだかかわいく見……いや、かわいく……は、ないか。せめてハゲヅラだけでもやめていただきたい。

「じっつは私さー、昨日《きのう》、ソフトの試合で、信じらんねー死ぬほどマヌケなエラーぶっこいちゃって、そのせいで勝てるはずだった相手に負けちゃったのよ……それはもう無様《ぶざま》に」

はあぁぁぁぁ……と続く溜息《ためいき》の長さに、その憂鬱《ゆううつ》の深さは容易に窺《うかが》い知れた。

「ってわけで、実はかなりダメダメ状態。昨日もクヨクヨ考えちゃって、結局ほとんど眠れなくて……うっ、ゴホゴホ……声も出なくなってきた……すまないねえ、せっかく大河が学校に戻ってきた日だってのに……なんかイベントしたかったのに、私がこんな身体《からだ》なばかりに苦労をかけ……ツゴホッゴッホ！　ひぃぃ、血があ～」

いきなり老いさらばえてしまった実乃梨を前に、竜児も大河も言葉もない。ちなみに血など出てもいない。

いつもの実乃梨《みのり》なら、ネタのための吐血《とけつ》ぐらいは用意しておくだろうに——ハゲヅラのままフラフラ自分の席へ向かう実乃梨の背を眺め、竜児《りゅうじ》はなにも声をかけられなかったことを悔《く》やむ。

あんなにも落ち込んでいる実乃梨に、なにも言ってやれなかった。そしてすぐに、そう思ったことをも悔やむ。これってなんという我田引水思考《がでんいんすいしこう》。「なにも言ってやれなかった」という後悔のは結局、落ち込んでいる実乃梨に対して、自分の優《やさ》しさをアピールできなかったという後悔ではないか。やっぱり、自分のことか。傷ついている実乃梨より自分のアピールが大切か。

いや、本当に、ただ純粋に実乃梨を元気付けたかったのだ、といくら自分で自分に言い聞かせたって、結局そういうことだろう。落ち込んだ実乃梨につけこめなかったということだろう。——なんてことをグルグル三秒ほど鬱陶《うっとう》しく考え、ああ、と息をつく。大河《たいが》と同じだ。相手が弱っていればいるだけ「今動くのはフェアじゃない」という思いに縛《しば》られて、身動きが取れなくなってしまう。そして結局、好きな相手が落ち込んでいるときになにもしてやれない薄《はく》情者《じょうもの》になってしまう。

——考えすぎなのだ、結局自分も、大河も。似たもの同士の頭でっかち。だめだだめだ、こんなんじゃだめだ。

頭を掻《か》き、目を擦《こす》り、竜児はともかく、と背を伸ばす。フェアじゃなくたってなんだって、つけこむんだってどうだって、ハゲヅラだって、それがどうした。このハートの震《ふる》えは事実なのだ。

実乃梨の席に歩み寄り、何気ない素振《そぶ》り、

「……あ……」

「むれるから。な」

すぽっと、ハゲヅラを外《はず》してやった。

己《おのれ》の行動の裏に自覚さえできないどんな思惑《おもわく》があろうと、それでも、「おまえが心配だ」と伝えよう、と。それだけは知らせようと思ったのだ。「アピール」とか「つけこむ」とか「フエアじゃない」とか、今はそういう部分は見ないフリで。ただもう二度と、「誰《だれ》かの傷を見過ごす後悔」はたくさんだった。だから、歩み寄ってみた。

実乃梨の瞳《ひとみ》が、瞬間《しゅんかん》、ひどく眩《まぶ》しいものを見たみたいに竜児を見上げて瞬《まばた》いた。視線《しせん》が合った、と思った。

竜児は緊張《きんちょう》を隠《かく》して、なんとかぶきっちょに微笑《ほほえ》んでみせた。

そして——実乃梨は目を、竜児から逸《そ》らした。顔を見ないまま竜児からハゲヅラを受け取り、カバンにしまい、「へっへっへ、んだなっす。ヅラかぶることはねえやな」と笑った。笑って、そのまま、口を閉ざした。違和感を覚えたのはわずかに一瞬、

「うあ——いさかあぁ————っっっ！」

響《ひび》いた絶叫に、ほとんど飛び上がる。振り返ると、

「おお逢坂《あいさか》よー！　ついに学校に出てこられるようになったんだな、おめでとう！　おまえのいない二週間がどれほど長かったことか……非常に味気ない日々だったぞ心からー！」

新生徒会長・北村祐作《きたむらゆうさく》が、大河《たいが》の足元にピーン！　とまっすぐ几帳面《きちょうめん》に、土下寝《どげね》していた。

つまりは床《ゆか》に伏せて気をつけしていた。あれが己《おのれ》の親友か。竜児はその光景に軽く眩暈《めまい》を覚える。

「あああああらききききき北村くんおはよよよよよ」

大河はギシギシギシギシと、床に向かって右手を上げた。

「おはよう！　おお、逢坂とこうして挨拶《あいさつ》するのも久方ぶり！　……感無量だ！」

土下寝のまま、北村はぐいっと爽《さわ》やかな笑顔《えがお》を背筋で持ち上げてみせる。そして竜児《りゅうじ》の存在にも気がついたか、

「おっ、おはよう高須《たかす》！」

「……なんでだよ⁉」

「朝だからじゃないか！」

「違う！　なんでそのポーズだよ⁉」

「土下座《どげざ》じゃ足りないからじゃないか！　俺《おれ》の逢坂に対する気持ちは、土下座なんかじゃ足りないんだよ全然！　……なあ、逢坂。停学なんて、人生を狂わせるようなことをさせてしまっ

て、本当に、ごめんな。そして、ありがとう。あんな大恥《おおはじ》かいて、俺、実はもうこの学校にはいられないなんてことまで思ってしまってもいたんだ。でも逢坂のおかげで、俺は今もここにいるよ。無事に生徒会長、始めてる」

ピーン。と土下寝のまま、北村はまっすぐに大河を見上げて穏《おだ》やかに微笑《ほほえ》み、眼鏡《めがね》越しの眼《まな》差《ざ》しを優《やさ》しげに細めて見せた。

「俺にサポートできることがあれば、なんでもするからな。だから、もう二度と、ケンカなんてしないでくれ。誰《だれ》のためにも、だ。どんな正義があってもだ。許せないことがもしもあったら、まずはこの俺に、相談《そうだん》してくれ」

そして大河は、

「……あぁん……っ」

失神した。

「おう！　しっかりしろ大河！　傷は浅いぞ！」

真後ろにぶっ倒れたのを慌《あわ》てて受け止め、竜児はその頬《ほお》をベチベチ叩《たた》く。北村の誠実さが強烈すぎたのだ。「う、う」と睫毛《まつげ》がかすかに動くのを確認《かくにん》、よし、生きてる。

「ゆっくり息をしろ……そうだ……落ち着け……」

「すう……はあ……すう……はあ……」

立膝《たてひざ》で大河を支え、竜児は大河の正気を取り戻させようと必死に肩の辺《あた》りをさする。そのときだった。

「……!?」

——背中に、確《たし》かに視線《しせん》を感じたのだ。それも一人《ひとり》ではなく、何人分ものそれを。たった一人で地球上の全生命をハントしようと試《こころ》みている殺人鬼の如《ごと》く振り返るが、

「……」「……」「……」「……」「……」「……」「……」「……」「……」

いくつもの沈黙《ちんもく》と、いくつもの後頭部と、いくつもの背中だけがそこには連なっていた。なな〜んだ、気のせいか！　——な、わけがねえ。竜児《りゅうじ》の眉間《みけん》に皺《しわ》が寄る。なんだこれは。

クラスのほぼ全員が、一斉に竜児と大河《たいが》と北村《きたむら》に背を向けて黙《だま》りこくっているというこの状況。普通なわけがないではないか。しかも能登《のと》に春田《はるた》まで、そっぽを向いてあらぬ方向に視線を彷徨《さまよ》わせている。言葉もなしに。

これはまさか……イ・ジ・メ……そんな陰惨《いんさん》な三文字が脳裏《のうり》に浮かぶのとほぼ同時、あまりに能天気《のうてんき》な北村の声が、

「というわけで、俺《おれ》、失恋大明神《だいみょうじん》を始めたんだ！」

ズダーン！　と今度こそ、大河は意味不明すぎる状況に竜児の膝《ひざ》から転がり落ちる。竜児だって、これが初めて知りえた情報なら大河と一緒《いっしょ》にコケたかった。だけどそうではなく——そう、北村は始めてしまったのだ。大明神を。あまりにアホくさくて停学中の大河にはなかなか説明しがたく、今日《きょう》まできてしまったのだが。と、ちょうどコンコンと始業前の教室のドアが

ノックされる。

「あの〜すいません……失恋大明神は……」

「やあ！　ここだここだ！」

スラリと土下寝《どげね》から起き上がり、北村は爽《さわ》やかに、戸口《とぐち》から教室を覗《のぞ》き込んでいる下級生と思《おぼ》しき女子に手を上げて見せた。モジモジしている彼女に歩み寄っていくその背を見ながら、大河はほとんど恐慌《きょうこう》状態だ。

「大明神を……始めた……？　冷やし中華じゃあるまいし、ていうか……ていうか、なんなんなんなん!?　あんぬぉメ・ス・ガ・キィィィ！　ずずずずずうずうしい！」

わなわな震《ふる》えつつ大河は牙《きば》を剝《む》き出し、今にも北村を呼び出した女子を食い殺そうと両眼から血色《ちいろ》の殺気《さつき》を滴《したた》らせるが、「……っと！　いけないいけない、いいこいいこ……」慌《あわ》てて首を振り、唇を嚙《か》み締《し》める。視線だけは二人《ふたり》の姿からぴったりと離《はな》さないまま。

いいこウィークのおかげで我《われ》知らず命拾《いのちびろ》いした女子は、北村の前に恭《うやうや》しくも頭など垂《た》れてみせ、「……告白する勇気が出ないんです……よろしくお願《ねが》いします……」と。そして北村こと失恋大明神は、

「ふむふむ……大丈夫、信ずれば叶《かな》う！　迷わずいけよ！」

「でも……自分に自信がなくて……あたし美人じゃないし……」

「考えてはならぬ！　ソープに行け！」

「……ソー？　……え？」

「深く考えるでない」

そして北村《きたむら》は女子の頭上でなにやらむにゃむにゃ唱《とな》え、一礼。女子も一礼、去っていく。大《たい》河《が》は「……はあ……？」と顔が回転するほど首を傾《かし》げ、まったく状況を理解できずにいる。

――そうなのだ。大河が停学食らっている間に、学校ではいろいろあったのだ。

「一体なんなのよ竜《りゅう》児《じ》、これは……」

「……実は、あの例の『大告白』以来、北村は校内で恋愛の教祖――というか、告白したい相手がいる奴《やつ》の信仰の対象になっちまったんだよ……」

えっそうなんだ！　と大河は驚《おどろ》きかけ、しかしすぐに、

「でも失恋したんじゃん！」

ごもっともであった。大河にしては珍しく、プチサイズの脳の機《き》能《のう》がよく働いた。

「だからこそ、だよ。『悪いモノは北村が全部持っていく』みたいな」

「厄《やく》落《お》としだよね、つまり」

能《の》登《と》がひょいっと顔を出し、説明の後を継《つ》いでくれる。

「ま、前生徒会があまりにキャラ濃《こ》過ぎたってのもあるじゃん？　だから新生徒会のキャラづけって意味もあって、あえてああやって『失恋大《だい》明《みよう》神《じん》』を押し出してきてんの。今《け》朝《さ》はあれでもう二《ふ》人《たり》目。放《ほう》課《か》後《ご》なんてすごいよー、生徒会室に列つくちゃってさ。生徒会も調《ちよう》子《し》ぶっ

こいて、入り口になんか祠《ほこら》みたいの作っちゃって、すっかり大明神でやってくつもりみたい」

「へ～⁉　そーなんだあ、知らなかった！　なんか北村ってすっごくねえ～⁉」

声を上げたのは春田《はるた》で、「おまえは今まで北村のなにを見ていたの？」と冷たく能登につっこまれている。そんな春田は完全無視、大河は微妙な表情で戻ってくる失恋大明神をそっと見つめる。その横顔に、

「……一応、お参りしとくか？」

竜児が囁《ささや》くと「ん」と小さく頷《うなず》いて、大河と竜児はこっそりと、二人揃《そろ》って手を合わせる。

失恋大明神に小さく頭を下げる。想《おも》うのはもちろんそれぞれに――

「おお、なんだなんだおまえたちまで。誰《だれ》か告白したい相手でもいるのか？」

「おう、バレたか。……いねえけど、なんとなく」

「……同じく。なんとなく」

「よし！　ソープに行け！」

行くかよ……と竜児は小さく目を伏せ、大河は鼻の下をぽりぽり掻《か》く。そんな二人の顔を交互に見比べつつ、不意に能登が言う。

「ていうか、なんかタイガー、今日《きょう》はちょっと大人《おとな》しいね……？　やっぱ停学明け初日だから控えめに、みたいな？」

距離《きょり》を測りながら慎重《しんちょう》にかけられたその言葉に、

「あ、気がついた？　そうなの、私、いいこにしてるんだ」

えへ！　と大河《たいが》は笑ってみせた。能登《のと》なぞ相手に、大盤振《おおばんぶ》る舞《ま》いの愛らしさで。能登自身もびっくりしたのか恐ろしいのか、「わお」と眼鏡《めがね》をズラして盛大にビクつく。

「あのね、もうすぐクリスマスだからいいこにしてることにしたの。だってほら、サンタがきっと見てるから……どぇー！」

そしてかわいい大河は、前方にスッポーンとぶっとんだ。机やイスをなぎ倒し、能登を含めて何人かの巻《ま》き添《ぞ》えも出し、タイツの尻《しり》も丸出しに床《ゆか》にスッ転がる。

「きゃーはははははは☆　ばっかじゃねえの〜!?　サンタ！　サンタて！　あんたの口からそんな言葉が出てくるなんてえ〜！　に・あ・わ・ねー！　きゃはははははは☆！　ってかなんか久しぶりなんですけどお〜！　超ウケる停学とかゆってえ〜〜〜〜っ！」

——見ずともわかった。

大河のケツをカバンでぶっ飛ばし、サラサラと零《こぼ》れる髪をかきあげながら大笑いしている美少女の名は、川嶋亜美《かわしまあみ》。誰《だれ》もが認める、超のつく完璧《かんぺき》美形少女。

スラリと伸びた八頭身はさすがのモデル体型、小さすぎる顔には整《ととの》いすぎたパーツが完全な配置できっちり収まり、どこもかしこもキラキラのスベスベ、宝石そのものの輝《かがや》くオーラを余すことなく発しながら歩み寄る亜美は、しかし、圧倒的な性格破綻者《はたんしゃ》。校内最凶《さいきょう》にして最強生物の名を欲しいままにする大河にとっては、まさに宿敵ともいえる存在であった。そんな亜美にケツをぶっ飛ばされたとなれば、当然次は大河の仕返しの番のはず。だが。

「……久しぶりだこと、ばかちー……」

「……あらぁ？」

机ごとなぎ倒してふっとんだ大河は、しかし、起き上がるなり亜美に挨拶《あいさつ》してみせるのだ。さすがに笑顔《えがお》までは出ないが、それでも穏便《おんびん》に手まで振って。その袖口《そでぐち》から鋭《するど》いナイフの切っ先が！　ということもなく。その袖口から銃口が！　ということもなく。指の間に毒針が！　ということも、トゥシューズにカエルが！　も、頭上から金盥《かなだらい》が！　もなく。

あくまで大河は、優雅《ゆうが》に、優美に。

「ばかちー、もうすぐクリスマスよ。そんなわるちーのままじゃ、あんたのとこにはサンタさん、来ないからね。ほら、いいこの私が譲歩《じょうほ》してあげる。今の一発は挨拶ってことで忘れてやろう。だから、クリスマスまではケンカなんてやめよ。私、クリスマス大好きなんだ。せっかくのこんな素敵《すてき》な時期に、つまんないことでケンカなんてしたくないもの」

「キャー！」

……手を繋《つな》がれて悲鳴を上げる、というのもなかなかのリアクションだ。亜美は伸ばされた大河の手を必死に振りほどき、摑《つか》まれた右手が腐れかけてでもいるみたいにキャーキャー眺め、ブンブン振り回し、零《こぼ》れんばかりに目を見開き、

「あんた、絶対おかしい！　停学中になんかあったわけ!?　異常異常異常異常、絶対、変っだ

っつーの！　あっそうだ⁉　あんた明日《あした》ぐらいに死ぬんじゃん⁉　やだ悲惨《ひさん》ー！」

「……竜児《りゅうじ》みたいなことを……なんで私がいいこにしてようと思うと、みんな私が病気だの死ぬだの言うのよ。意味がまったくわからない。もうすぐクリスマスだから、それだけなのに。ばかちーだって、ほんとに行いを改めた方がいいと思うよ。だってサンタさんがね、ほら、もうすぐ日本の上空に……」

「いやああああああ――――っっっ！」

亜美《あみ》の本気のスクリームは、一層《いっそう》大きく教室中を震《ふる》わせた。ついでに「おえー！」とマジえづきまで。

「なにサンタって、本気で言ってんのお⁉　きめえきめえきめえきめえ、っていうかキャーわかったー！　あんたこの機会《きかい》にキャラ変え狙《ねら》ってんだ⁉　うわあこええってかざっけんなオルァー！　天然枠もピュア枠も空《あ》きは一件もねえんだよ！　ってか、『亜美ちゃん、クリスマス大好きなんだあ～♡　えへへ、サンタさんだって中学までは信じてたんだよお～♡　おバカでしょお～♡』って来週あたりには言い出す予定だったのにてめえのせいで全部台無しじゃねえかどうしてくれんだテメェ⁉　あー⁉　ドチクショーこええんだよ瞳孔《どうこう》かっぴらきやがってボケー！」

いいんだよお、亜美ちゃんはそのエセピュアなとこがいいんだよお、ときに溢《あふ》れる猛々《たけだけ》しい本音《ほんね》がいいところなんだよお、ああムチでぶって、吊《つ》るして縛《しば》って、そして俺《おれ》の人生めちゃく

ちゃにして……とそのおみ足にすがりつく何人もの男子どもをものともせず、

「ハッ！　……っていうか。亜美ちゃん、わかっちゃったわ！」

不意に亜美は顔を上げ、改めてゴクンと息を飲む。そして、

「シャブだ……」

ぞくぞくぶる〜っと震《ふる》えてみせる。

「それだそれだシャブだシャブだ！　いやあ〜〜〜ん、超こわ〜〜〜〜〜い！　そうに決まってるっ！　やーん、あーん、たぁいへん！　なんてことなのお〜〜〜〜！」

勝手に納得《なっとく》してしまったらしい。くねっと身体《からだ》をくねらせて大きな瞳《ひとみ》はうるうると潤《うる》ませ、両手を頬《ほお》に、ぶりっこ鉄仮面・蒸着《じょうちゃく》！　大河《たいが》の「いいこ」とは年季《ねんき》の違う、さすがの顔面《がんめん》変化であった。

「いい加減にしろっての！　んなわけないでしょ。あっ、ちょっとばかちー！」

「ってわけで、亜美ちゃんが持ちもの検査してあげる♡　あんた、絶対絶対あやしいもん。どれどれ……」

床《ゆか》に転がっていた大河のバッグを掴《つか》み上げ、亜美は思いっきりファスナーを全開にする。しかし冗談《じょうだん》にしてはその手つきはあまりに乱暴《らんぼう》で、

「あらやだ、おっとっと！」

「あーっ！　もー、なにすんだばかちーっ！　てめーぶっころ……さない」

大河《たいが》のバッグの中身は床《ゆか》にすべて散らかってしまった。うっそー、やだやだ、と慌《あわ》てて亜美《あみ》はしゃがんで散らかった文房具やらなにやらを拾《ひろ》い集め始め、そのひどいありさまに竜児《りゅうじ》も手伝《てつだ》わずにはいられない。

「ったく、なにやってんだおまえは。……要はケンカ相手の大河が学校に戻ってきて嬉《うれ》しいんだろ？　素直になれよな」

「やあん、高須《たかす》くんお・は・よ♡　なにキモいこと言ってんの、ぶっこ・ろ・す♡　ってか、あれ拾ってきてぇ～？」

天使の笑顔《えがお》で、亜美は壁際《かべぎわ》まで転がってしまったペンのために竜児を使いっ走らせる。そうしてカバンは元通り、大河にハイ、と手渡しつつ、

「あ、これもね。ここにいれとくから」

亜美は最後に大河の生徒手帳を、カバンの裏のポケットにつっこんでやる。大河は「ったくもー」とぶちぶち言いつつ、「いかんいかん、いいこいいこ……」へらへら笑顔を無理矢理《むりやり》作って、亜美からカバンを受け取る。そんな亜美の背後からそっと髪に触れ、

「あれあれ……亜美ちゃんってやっぱり、優《やさ》しいのよねえ……」

苦笑交じりに囁《ささや》くのは一緒《いっしょ》に登校してきた香椎奈々子《かしいななこ》で、

「え～？　なんのことかなあ～？　あ、そういえば例の限定グロス持ってきたよ？　奈々子つけてみるっしょ？　そだそだ、麻耶《まや》も試《ため》したいって言ってたじゃ～ん♡　いこいこ」

「あ、つけたいつけたい！　まーやー、いこー！」

二人《ふたり》に手招きされた木原《きはら》麻耶は、「はー？　櫛枝《くしえだ》なんでハゲヅラもってんのー？　超うけるー！」「かぶるけ？　かそっか？」「ってか、なんでそんな鼻声なのー？　超うけるしー！」「さっき泣いたんだよぉ」「なんで泣くんだよマジ受けるんですけどー！」――通りがかりの実《み》乃梨《のり》の席で、色々《いろいろ》小さく受けていた。その麻耶の腕を引っ張って、いつもの美少女三人組は亜美の席へと移動していく。きゃぴきゃぴ騒《さわ》ぐ2－C公式美少女トリオの甘い声は、始業前の教室に、いつもどおりに華《はな》やかに響《ひび》く。

2

『……で、その助教授の彼に、いまどこにいるんですか？　って訊《き》いたら、駅前のカフェにいますよ、って言うんです。どうしても急ぎで読まないといけない資料があるから待ち合わせの時間を遅らせて下さい、って。でも私、そのときね、そのカフェにいたんですよ……。変だな、と思いつつさりげなくね、窓際《まどぎわ》のいいお席とれました？　って訊いてみたら、はい、取れました、って。窓際のいい席に座ってますアハハ、って。……でも私、そのとき、そのたった一つの窓際《まどぎわ》の席に座ってたんですよ……』

『ほうほう。いきなり意味不明のウソ、と。それはいかんですなあ』

『他《ほか》の女と会ってるのかなとか色々《いろいろ》考えちゃうじゃないですか。でもまだ正式にお付き合いしてるわけじゃないから、ヘタに問い詰めたりとかもできないし。……かなり有望なお相手だと思ってたし、実際お互いいい年ってのもあるし。私との正式なお付き合いの前には色々清算することもあるのかも、って思いもして。とにかく一時間遅れで、って言うから、とりあえず、ここにいたらマズイと』

『ウソに気づいていることを悟らせたくなかったんですね』

『そうです。まだ揉《も》めたりできるほどの関係ですらないから。だからとにかく雨の中、駅ビルから出たんです。一時間ぐらいなら本屋みたり服屋みたりしてるうちに時間潰《つぶ》れるかな、って。あの、すっごく寒かった土曜日《どようび》……』

『ああ、寒かったですねー、あの日。しかもハンパに雪にならなくて、冷たい雨で』

『そう。で、傘《かさ》も小さかったから服とか靴とかビショビショになっちゃって、どうしよ～、とか思いながら歩いていたらね……。見つけちゃったんですよ……彼を……!』

『ほほう！　どこでなにしてました!?』

『パチスロ打ってました！』

ああ……。

と、低いどよめきが、2－C中に垂《た》れ込めた。ランチをパクつく生徒たちの手も思わず止まる、あまりに微妙すぎる展開であった。

『これは……きましたね。カフェで資料を読み込んでいるはずの彼が、パチスロを。待ち合わせ時間が過ぎても。デート相手を待たせて』

『さすがにこれは……と思ってね。気づかぬフリにも限度があるぞ、と。言《い》い訳《わけ》も聞きたくなかったし、ウソも聞きたくなかったし、その場で彼が出てくるのを待つことにしたんです』

『乗り込みはしなかったんですか』

『しませんしません、そんな、あなた。こっちも大人《おとな》だもの。雨の中、ただ立って。でも出てきやしない。一時間経《た》っても、出てきやしない。私、突っ立ったまま。屋根もないとこで。夜の八時に。路上で。さらに三十分過ぎても、出てきやしない。一時間の遅刻じゃねえのかよ、と。連絡もしねえかよ、と。いや、ってかそもそもパチスロ∨私かよ、と。……でも待っちゃった分だけドス黒いものが溜《た》まっちゃって帰るのも悔《くや》しくて……それ以上に寒くて、でも寒ければ寒いだけ自分が哀《あわ》れ惨《みじ》めで、こんな哀れな姿を見たら彼は反省するんじゃないかとか……』

『……う～ん……で、電話とかメールとかもしなかったんですか？』

『しました。……女友達に。今、例の助教授にこんな目にあわせられて私泣いてるんだけど、どうするべき～？　って。そしたらすごいことがわかったんですよ……』

『手に汗握る展開ですね』

『助教授、っていう職業《しょくぎょう》ないらしいんですよ……准《じゅん》教授、っていうんだって、今は。……いきなりおめえ誰《だれ》だよ、って話でしょこれ』

『……ですよねえ。根底から設定がブレてきちゃいましたねえ』

『それきり音信不通ですよ。で、そのいろいろ変なふうになる理由がね、わかったんです。……水星がね、逆行してたんです……！』

『ああ……水星が……』

『そう、水星が！　水星が逆行するとパソコンが壊《こわ》れたり、予定していたことが遅れがちになったりするらしいの！　だからね、いずれ順行に戻ったら、あ、来年の頭頃《ごろ》らしいんだけど、そしたらまた彼から連絡があると思うのよ！　思わない？　思うよね！』

『いやー……うーん、そうですね、もうその彼は正直……次行った方がよくないですか？』

『次があるならもちろん行くわい！　でもそうじゃなくて！　ちがうんですっ！　とっにっかっくっ、文句、言ってやりたくっっって！　はひーっ！』

『あっ、あっ、うわ……そんなに力むと過呼吸に……』

『だってね!?　パチ屋から彼が出てきてね!?　私を見つけてね!?　驚《おどろ》くでも気まずいでもなく開口一番あの野郎、俺《おれ》のこと尾行してたんだね!?　そういうことする人なんだねキミは！　最低だな！　だからそんな年まで独身なんだよ！　……って言ったのよおぉぉ！　こっちが言いたいんですけどぉ!?　おめえもいい年こいて独身の上職業詐称《さしょう》だろってぇ！　なんだチミはあ！　っつってぇ……はは……志村《しむら》……あぁ……うぅぅ〜おおぉぉぉ……』

『さーオチがついたところで、早く水星がじゅんこーするといいですねえ。じゃあ今日《きょう》はこのへんで、どうもありがとうございました。さ、ティッシュティッシュ……午後の授業もあるんですから涙を拭《ふ》いて、お化粧が……えーと、ラジオネーム・D身（30）さん』

『……Yちゃん、です』

『あ、すいません。ではYちゃん（30）。またご相談《そうだん》があったら、いつでもこの『大明神《だいみようじん》の失恋レストラン』コーナーにお話聞かせて下さいね。――生徒会は、あなたの恋の応援団。……ではYちゃん（30）のリクエストで、お聴《き》きください……』

ぐおなあぁぁぁぁぁあ〜〜〜〜〜〜〜〜〜ゆきぃいいいいいいいいいい〜〜〜〜〜〜っっっ！

――と、すでに微妙に懐《なつ》かしいウインターソングがスピーカーから流れ出し、ようやく誰かが、

「担任泣かせてどうしたいんだよ北村《きたむら》は……」

ボソリ、正論《せいろん》を呟《つぶや》く。

北村が失恋大明神として覚醒《かくせい》して以来、ランチタイムの放送室は生徒会に占拠《せんきょ》されていた。スピーカーからダダ漏らしにされているのは生徒会の自主的校内放送、こと、『あなたの恋の応援団』。どこから調達《ちょうたつ》してくるのか、生徒に匿名《とくめい》で恋愛相談をさせたり、北村が突然マイ恋

愛語りをおっぱじめたり、今日《きょう》にいたってはついに縁遠《えんどお》い件でお馴染《なじ》み、2‐C担任のKヶ窪《がくぼ》Yり（30・D身）をもコーナーゲストとして召還《しょうかん》に成功。番組の痛々しさグレードは日々アップ中だ。そしてそれに呼応《こおう》するように、

「……ゆりちゃんだって、気づかなかったふりしてあげようよね」

「……そだね」

微妙なお年頃《としごろ》の少年少女たちも、どんどん大人《おとな》に成長していく。その一方で、

「ねえねえ竜児《りゅうじ》……この放送のマスターテープってどこぞに保存してあるのかしら？　ありかがわかればこっそり夜中に忍び込んで、ゲットして、北村《きたむら》くんの語り部分だけを編集《へんしゅう》して……そして毎晩、寝る前に……んっふー……」

大きな瞳《ひとみ》をギラギラ欲望に輝《かがや》かせ、荒い息に鼻を膨《ふく》らませ、己《おのれ》の身体《からだ》を己で抱いてホカホカ体温を上げている奴《やつ》もいる。向かいで弁当を広げつつ、竜児は「でたでた」と。「でたでた、俺《おれ》の目から呪《のろ》いの毒煙が噴《ふ》き出た」と開発されし新能力にほくそえんでるのではなくて、目の前の奴に呆《あき》れているのだ。

「おまえ、クリスマスまでは『いいこ』でいるんじゃなかったのかよ？　いきなり盗みの計画なんて……我欲《がよく》に目が濁《にご》りきってるぞ」

「まあ、人聞きが悪い」

大河《たいが》は両手を胸の前に組み合わせ、ゆったりと長い睫毛《まつげ》を伏せる。

「元はといえば、こんなステキなお昼の放送が始まっていることを私に教えてもくれず、録音《ろくおん》しておいてもくれずにいた竜児が悪いと思うのよ」

「……教えたらおまえ聞きたがるじゃねぇかよ。こんなもん教室で録音してたらアホみたいだし。停学中にそんなの、知らせたらかえってかわいそうかと気を使ったんだろうが」

「おぉいやだいやだ、竜児は全然わかってない。気の使い方がぜんぜんまったく的外《まとはず》れなの。そのくせさもいいことしてやったみたいなご満悦ぶりで、独《ひと》りよがりもこの上ない。あんたの性格ってね、ナメクジにお砂糖《さとう》たっぷり盛って、じっと溶けるのを眺めているうちに日が暮れちゃった、でもいい一日だったよなー！　って言ってるおっさんみたいな感じよ。ついでにツラまで的外れ、犬根性丸出しの極道《ごくどう》ヅラ。でも今の私は、そんな竜児を責めたりしない。ブン殴ったり蹴《け》ったりしない。投げたりも締《し》めたり落としたりもしない。役立たずだと罵《のの》りさえしない。すごいでしょ、どうよこのいいこぶり。えっへん」

「十分に結構だからもうやめてくれ！」

竜児は悲しく箸《はし》を取り落とす。俺《おれ》の性格はナメクジに砂糖……！　あーあ、と大河はそんな竜児をガン無視、小さな溜息《ためいき》で自分の前髪を吹《ふ》き上げる。

「でも残念なのはとにかく確《たし》か。まあ……盗みに入るってのも、確かにアレよね。ただ私は停学中に聞き逃《のが》してしまった北村くんの美声を、なんとかこの手中に収めて、やりたい放題編《へん》集《しゅう》してやりたい放題いじくりまわして、あっちもこっちも私好みにカスタマイズして、私だけの北村《きたむら》くんの声をこの両耳にたっぷりどっぷり流しまくりたいだけで……」

と、大河《たいが》の肩をポン、と叩《たた》く手があった。

「タイガー、よかったらこれあげよっか？」

あまりに恥《は》ずかしすぎる会話を聞かれたと思ったのか、大河はほとんど飛び上がるようにして振り返る。竜児《りゅうじ》も結構びっくり——大河に話しかけてきたのは、普段《ふだん》はあまり親しくもない女子たちだった。彼女たちが大河に差し出してきたのは一枚のロムで、

「あたし放送委員なんだよ。まるおに頼まれて、このお昼休みの放送を毎回録音《ろくおん》してるんだ。昨日《きのう》までの分だけど、よかったらあげるよ」

「え、な、な、……え？　な、なんで……？」

思わず竜児と大河は顔を見合わせ、数秒思考停止してしまう。

ようやく大河が搾《しぼ》り出した問いに、答えは簡潔《かんけつ》。

「いやーなんか、聞きたいとか言ってるのがさっき偶然《ぐうぜん》聞こえたからさ。たまたまバックアップで予備のロム、今持ってたし。ね」

「うん、そうそう。今日《きょう》のももちろん録音してあるし、これから先も毎回録《と》る予定だから、欲しかったらついでにコピってあげるよ。おもしろいもんね、この放送。結構笑えるし」

躊躇《ためら》って震《ふる》える小さな大河の手の中に、そのロムが「はい」と押し込まれる。大河は頬《ほお》をぽわっと赤くし、あせってイスを蹴倒《けたお》しながら立ち上がり、

「あ、あの、あの、」

竜児を一瞬《いっしゅん》だけ振り返ってすがるみたいに見る。お言い、と竜児に手で促《うなが》され、

「あ——ありがと……っ」

もじもじと身体《からだ》を捩《よじ》り、大河は照れに照れつつ、ようやく低く囁《ささや》いた。女子たちは笑って手を振り、

「いいよいいよー。停学明けのお祝いってことで」

「そうそう。タイガーがいないと、やっぱり学校つまんないもん。よかったね、また戻ってこられて」

自分たちの弁当を広げてある席に戻っていく。大河はそのまましばし硬直し、不意になにかを決心したみたいに頷《うなず》く。机の中から菓子の箱《はこ》を取り出し、彼女たちのあとを追いかけてずいっとそれを差出し、

「……ん！」

と。

「あー、サンキュー！　おいしいよねこれ」

「あたしもこれ好き！　一個もらうねー」

そうして鼻の穴を膨《ふく》らませて竜児の席に戻ってくるなり、「ンフー！」と机に飛びついた。ロムを抱きしめ、両目を線《せん》にして顔は真《ま》っ赤《か》、首筋まで熱《あつ》そうな桜色《さくらいろ》に染《そ》めて、

「い、い、今の見てたよね⁉　こんなラッキー、あっていいの⁉　うれしすぎるっ」

小声で叫びつつ机の下で竜児《りゅうじ》の足をドタバタ踏む。これはちなみに攻撃《こうげき》ではなくて、喜びすぎた猫が鼻で飼い主をどつきまわしてくるようなもの。竜児はもはや苦笑するしかない。

「ほんと、ラッキーだったな。おまえって意外と女子にかわいがられてんだよな。もしかして失恋大明神《だいみょうじん》のご利益《りやく》か？　とにかくこれで盗みに入る必要もねえ」

「うんっ！」

プチトマトたっぷりのレタスチャーハンを、大河《たいが》は大口で食らう。竜児も真向かい、同じ弁当を大口で食らう。出来はもちろん、今日《きょう》もグー。トマトの酸味《さんみ》にしゃきしゃきレタス、卵はたっぷり一人《ひとり》一個、決め手は貝柱の缶詰だ。おかずにはザーサイとピーマンと鳥胸肉の炒《いた》め物《もの》もついて、きゅうりとわかめの特製ゴマだれサラダもついて、食後のデザートにはみかんゼリーもある。今日の弁当はちょっと豪華《ごうか》だ。大河の停学明けの初日だから、若干《じゃっかん》竜児も気合を入れた。

しかしそんなせっかくのランチタイムに、実乃梨《みのり》は部活のミーティングとかで教室にはおらず、その点だけはあまりに残念ではあった。

「やたっ、やたっ、やったねー！　えっへっへー」

小躍《こおど》りしながらチャーハンをパクつく大河は心底嬉《うれ》しそうに目を細め、そのツラでも眺めて無聊《ぶりょう》を慰《なぐさ》めようか。そこに、

「やーっとパン買えたよー！　購買《こうばい》混みすぎ！」

「ってか、今日も北村《きたむら》ラジオやってんの～？　なによこれ、選曲《せんきょく》ふる～」

「そういうこと言ってやんなよ、担任の選曲だぞ」

「げー、なんか悲惨《ひさん》」

パン組の能登《のと》と春田《はるた》が竜児の机の近くにイスを引きずってやってきた。机二つに野郎が三人、ちっこいのがはじっこに一人《ひとり》取り付いて非常に状況はせせこましいが、まあこれはこれで楽しい昼のひと時だ。ぐおなぁぁぁぁ～～ゆぐぃぃぃぃぃ～～～！　もようやく終わり、スピーカーからは再び北村のちょっと作った気取り声が流れ始める。

『……さて、今日の最高気温は八度、最低気温は三度。すっかり世間は真冬です。風は冷たく、空気は乾燥《かんそう》しているそうです……いやですね、インフルエンザにうっかり火災……』

うるせーよ、とパンをかじりながら能登が茶化《ちゃか》し、アハハ、と竜児と春田が笑う。大河は耳を必死に澄《す》まして、貪欲《どんよく》に北村の声を聞こうと亀《かめ》みたいに首を伸ばす。

『いやなものといえば、そろそろ期末試験《しけん》の時期が近づいてきていますね。皆さん、準備は進んでいますか？　ちなみにこのボク、失恋大明神も、そろそろ試験勉強に本腰を入れたいところですが……アハ！　なかなか予定通りにはいかないものです』

「なんですと～⁉」

と、春田が突然声を荒げる。

「なんかこの放送うざくねー⁉　なんで試験《しけん》勉強の話とか始めるの⁉　『恋の応援団』ってタイトルなんじゃねーの⁉」

「ちょっとちょっと、落ち着けって。いきなりなによ。北村《きたむら》大先生のありがたい放送が聞こえないじゃないよ、なあタイガー。平気？　聞こえる？」

能登《のと》が大河《たいが》を振り返り、大河はうんうんと眉間《みけん》に皺《しわ》を寄せて頷《うなず》く。大河と能登の関係はなんだか良好で、まるで普通の友達同士のようではないか。能登め、大河がクリスマスバージョンだからって調子《ちょうし》こきやがって……いや、そんなふうに思ってはいけない。竜児《りゅうじ》は微笑《ほほえ》ましい光景だ、と両眼に狂乱の閃光《せんこう》を躍《おど》らせるが、春田《はるた》は「いやんいやん」と頑固《がんこ》に首を振り続けている。さっきまで笑っていたくせに、やきそばパンを乱暴《らんぼう》にもぎゅっと食いちぎり、ロン毛を鬱陶《うっとう》しく振り乱し、

「勉強の話なんか聞きたくないよ俺《おれ》！　能登もやだろ⁉　高《たか》っちゃんもやだろ⁉　タイガ〜もやだろ⁉　なあ、勉強なんか、俺、嫌いだよ！　意外に思われるかもしれないけど、俺、勉強なんか本当は一秒もしたくないんだよお！」

「おう！　おまえの口から青のりが俺の机に……こ、抗菌《こうきん》ウエットティッシュは……」

「青のりなんか拭《ふ》いてる場合じゃねーよ高っちゃん！　やめてよもー！　っていうかさー、なんなのタイガ〜⁉」

春田の怒りの矛先《ほこさき》は、唐突《とうとつ》に大河へ向かった。通常ならこのまま春田は死刑台直行、二秒で

死んで五秒で昇天、十秒後には輪廻転生《りんねてんせい》、新たな世界で「オギャー！」のはずだ。しかしクリスマス前の大河はただ少々鬱陶しそうに、

「……なんなの私……」

アホロン毛を見上げただけだった。この世で一番サンタに感謝《かんしゃ》しなければならないのは絶対に春田だろうと竜児は思う。さらに調子ぶっこいてアホは大河をびしっと指差し、青のりだらけの歯をむき出し、

「俺さっきパン買ったときさー、学年主任に『そこのバカ！』って呼び止められてさー、俺が学年で一番留年に近い男だから試験勉強ちゃんとやれっていきなり怒られたんだよ！　だから『タイガ～なんか停学食らってるじゃん！　俺よりやばいって～！』って言ったら、『おまえのが全然やべえんだよバカ！　おまえなんかバカキングだ！』ってさらに怒られたんだよ！……ブ～ッ！　アハハハハハ！　なんかうけねえ!?　バカキングて！」

ア～ハハハハハ～！　とさらに一人《ひとり》ぼっちの爆笑《ばくしょう》が響《ひび》く中、竜児が能登に目で「マジ？」と問う。能登は静かに頷《うなず》いて答える。大河はそんな春田キングを見上げ続けて無言、なにを思ったのだろう。やがておもむろに、

「……このアホにも幸福なクリスマスが訪れますように……」

指を重ねて祈りを天に。そして聖なる祈りの中に甲高《かんだか》く響き渡ったのは、天使たちの吹《ふ》き鳴らすラッパではなく、「キャハ――――ッ!?」林家《はやしや》パー子《こ》。でもなく、春田の超音波。

「なんだよタイガ～！　めっちゃ優《やさ》しいとこあんじゃ～ん！　あ～……やだぁ、なんかわかんないけど、俺《おれ》今ちょっとぼっ」

スパーン！　と意外に鋭《するど》い能登《のと》の手刀《しゅとう》が、その瞬《しゅん》間《かん》に春田《はるた》の首に突き刺さった。春田はそのままイスに腰を落とし、がっくり項《うな》垂《だ》れる。よし、と能登は頷《うなず》き、その手からやきそばパンをそっと取り上げて机に置いてやる。

グッ、と男二人《ふたり》は親指を上げあう。大河《たいが》一人《ひとり》がぽかん、と意味もわからずに、口の端に米粒をつけたまま電源の落ちた春田を眺める。そして能登に顔を向け、

「なに、今の。こいつなに言おうとしたの」

「気にしないよ女子は気にしない！　……ってか、そんな話よりもさ、マジでそろそろ期末の勉強始めない？　ファミレスとかで集まってやろうよ。特に春田は無理《む》矢《り》理《や》でも勉強させないと一緒《いっしょ》に進級できないし。それと、高須《たかす》の持ってる例のアレ、コピーさせてほしいんだけど。いいかな？　あの、兄貴ノート」

「ああ、おう、もちろん。あれはすげえいいもんだぞ、みんなで回して活用しようぜ。……と、俺だけのじゃねえんだ、櫛枝《くしえだ》にも訊《き》いた方がいいな」

兄貴ノート。

それは秋の終わりに行われた文化祭で、福男《ふくおとこ》の優勝《ゆうしょう》賞品《しょうひん》として竜児《りゅうじ》と実乃梨《みのり》に渡された、前生徒会長の残した全教科の学習ノートのことだった。竜児が代表してノートを預かってはい

たが、一応正式には実乃梨との共有物ということになっている。そもそも、ノート目当てに出場したわけではなかったのだが、もらって開いて驚《おどろ》いた。授業と教科書の内容はもちろん、さらに高度な内容までもが信じがたいほどに理解しやすく、市販《しはん》の参考書などよりもよほど丁寧《ていねい》にまとめられていたのだ。それを見て、竜児は知った。北村《きたむら》がかつて恋していた天才兄貴は、天与の才をさらに磨《みが》くべく日々の努力も怠《おこた》らない「本物」だったのだと。

竜児の快い答えに能登は「サンキュー！　よかったな春田！　な！」と友の肩を揺《ゆ》する。春田の意識《いしき》はいまだ戻らず、無駄《むだ》に長い腕が腿《もも》の辺《あた》りをべたんべたんと打つ。そして能登は続けて振り返り、

「ってかさー、タイガー試験《しけん》受けられるうちに停学終わってよかったねー。試験もう来週だもん、タイガーももちろん一緒に勉強しようよね。ほら、あのー、あれよ。……北村とかも呼んでさ、みんなでやろう。な？　今日《きょう》の夜からさっそくどうよ？」

「……っ！」

その言葉に、大河は目を輝《かがや》かせて竜児のツラを見上げた。ちょっと今の聞いた!?　とても言いたいみたいに。聞いていたとも。勉強会に北村を呼んでくれると能登は言ったとも。大河は喜色《きしょく》満面《まんめん》ってやつをなんとか押さえ込み、しかし瞳《ひとみ》はキラキラさせちゃって、頬《ほお》は桃色《ももいろ》にふくらませちゃって、「かかかか構わないけど」と笑《え》みを噛《か》み殺すみたいに低く答える。能登は笑って、それに頷く。

「あっそうだ、みのりんも誘《さそ》えばいいよね!? ノート、みのりんのモノでもあるもんね! ね、竜児《りゅうじ》!」

ルンルン♪ と音まで発しそうなほどに大河《たいが》ははしゃぎ、「ねー!」と竜児の顔を覗《のぞ》き込んできた。エンジェル大河のたゆまぬ応援活動に人目がなければ敬礼で応《こた》えたい。……ところだが、それはそれとして、なんとなくの違和感に、竜児は能登《のと》の横顔をじっと見る。

「……ん? なに、高須《たかす》」

「……いや」

「あれ。高須の顔ってよく見ると、うちにあるトランプのジョーカーに似てるな……」

「……おう、たまに言われる」

能登はどことなくかわうそに似ている——のは、今はどうでもいい。今日《きょう》の能登はやっぱりおかしいと思うのだ。大河がいくらクリスマス限定いいこバージョンだからって、そしていくら停学明けで久しぶりだからって、大河に対してフランクすぎはしないか? いきなり勉強会に誘ったりして……いや、それだけじゃない。もっと決定的に変なところがいくつかあった。そうだ、能登はさっきからなぜか、

「あ、みのりーん! ここだよー! おっそいよー! もう食べ終わっちゃったよー!」

「!?」

——弾《はじ》けた。

竜児の意識《いしき》は、一瞬《いっしゅん》にして、まさに吹《ふ》っ飛んだのだ。散り散りになった自我《じが》は一人《ひとり》の少女の姿に吸い寄せられるようにして、ようやく人間の形を取り戻していく。組み立てかけた思考のすべてを失った、ただの恋する馬鹿男《ばかおとこ》の姿を再構築《さいこうちく》していく。

「ごめんごめん、ミーティング長引いたぜよ！」

大河に向けられたその笑顔《えがお》。跳《は》ねるみたいなステップ。見慣《みな》れた風景の中に、たった一人、実乃梨《みのり》だけが鮮《あざ》やかな色彩と光る輪郭《りんかく》で浮かび上がった。その姿が、その声が、その香《かお》りが、竜児の心を凄《すさ》まじいパワーで攫《さら》っていった。下を向いて弁当の残りをさらうふり、視線《しせん》を逸《そ》らして実乃梨の登場にも気づかないふり。かけたい言葉の代わりに飲《の》み込むみたいに、一気にウーロン茶を飲み干《ほ》してしまう。

「みのりんもお弁当食べちゃった？」

「パン食ったぜよ！」

「じゃあ一緒《いっしょ》にここでお菓子食べよ！」

「いいぜよ！」

大河が菓子の箱《はこ》を振ってみせると実乃梨はにこやかにこちらへ歩み寄ろうと足を動かし、しかし、

「あのねみのりん、今ちょうどみんなで話してたんだけど、今日の夜さ、って……みのりん、なんで遠ざかってくの？」

「ぜよっと、ぜよっと、デカすぎる股《また》のモノがうまく収まらないんでごわす、ぜよっと」

異常にうまいムーンウォークで、どんどん後退していくのだった。「あっ下ネタ！　櫛枝《くしえだ》下品！」と能登《のと》からブーイングが上がる。竜児《りゅうじ》の顔は毒を食らった般若《はんにゃ》の如《ごと》く歪《ゆが》み、両眼は稲《いな》妻《ずま》みたいにおどろおどろと発光し、男の力を秘めた拳《こぶし》がカタカタ震《ふる》える。乾いた唇からは怨敵《おんてき》必殺の低音ボイスが「しかも西郷《さいごう》どん混ざったぞ」と。ＹＥＳ！　心中だけで竜児は快哉《かいさい》を叫ぶ。なにげない素振《そぶ》りで久しぶりにつっこみ成功。だが実乃梨《みのり》は、

「ぜよっとぜよっと、ごわごわごわっす」

へらへら笑いながらの月面後退歩きをやめない。とても股になにか挟《はさ》まっているとは思えない滑《なめ》らかな動きでどんどん離《はな》れていく。人にぶつかって「ちょっとぉ」と怒られても、ケツが誰《だれ》かの机に当たっても、実乃梨は止まらない。どこまで行くんだよ、と大河《たいが》、能登、竜児、三人揃《そろ》ってさらにつっこもうとしたそのとき、

『……ところで。苦しい試験《しけん》の後には、みなさんお待ちかねのクリスマスですよね』

スピーカーから流れる北村《きたむら》の声のバックに、クリスマスソングが流れ始める。気がついて、大河の表情が、にっこりと笑顔《えがお》になるのを竜児は見る。大好きな北村が大好きなクリスマスについて語り始めたのだ、そりゃご機嫌《きげん》な笑顔にもなるってものだ。

『ここで生徒会からお知らせがあります。期末試験明け、クリスマスイブの二十四日は終業式ですね。その後、体育館《たいいくかん》にて、有志でクリスマスパーティを行います！』

――その一瞬《いっしゅん》。

　ざわついていた昼休みの喧騒《けんそう》が、ぴたりと止まる。大河の口がかぱっと開く。春田《はるた》さえも意識覚醒《いしきかくせい》、目を開く。

　これは……これは！　竜児の息も止まる。思わず大河と目を見交《みか》わす。

『カップルさんたちはもちろんのこと、恋に迷えるそこのキミ……気になる誰《だれ》かを誘《さそ》えないキミ。ロマンチックなイブの聖夜を、想《おも》うあの子をこの機会に誘ってみないか？　準備委員会の立ち上げに、あなたのご協力をお待ちしております。カンパもお待ちしております。生徒会は、あなたの恋の、サポーター！』

　きゃあああ〜！　……そこに二人《ふたり》の乙女《おとめ》が爆誕《ばくたん》していた。

　まさにこれだ。求めていたのは、まさにこれ！　こういう企画！　竜児と大河は我《われ》を忘れ、もはや言葉も出ない。きゃあきゃあ黄色《きいろ》い声を上げて両手をタッチ、さらにきゃあ〜！　とほとんど抱き合いかける。

　これなら竜児は実乃梨を自然に誘える。みんなと一緒《いっしょ》に行かねえ？　でいいのだ。行事のパーティに一緒に出て、あとは二人の空気次第、流れ次第……いや、イブを実乃梨と一緒に楽しく過ごせるだけで、竜児にとっては十分だ。大河だってフェアだのなんだのとグジグジ悩まず、パーティに行きさえすれば北村に会える。二人きりになるのは難《むずか》しいかもしれないが、とにかくイブを北村と過ごせる。

そしてきゃあきゃあ乙女化《おとめか》しているのは、竜児《りゅうじ》と大河《たいが》だけではなかった。「イブに予定なんかどうせねえもんな〜！」「結構楽しそうかも!?」「私服オッケーだといいな〜！」「かわいいワンピとか着た〜い！」などと声を上げ、クラスのそこここで何人もが早くも参加を表明し始めている。もとよりイベント好きな2‐Cの面々、さらに主催《しゅさい》が2‐Cの頭・失恋大明神《だいみょうじん》となれば、これは盛り上がらないわけがなかった。

なんといういい雰囲気……竜児は爬虫類《はちゅうるい》めいた視線《しせん》をギョロギョロと執拗《しつよう》に揺《ゆ》らす。先祖が殺したヘビに祟《たた》られているのではない。心が浮き立ってやまないのだ。こうやってみんなで盛り上がって、イブの夜にはロマンティックなパーティが開かれて……そうしたらもしかしてもしかして本当に本当に、実乃梨《みのり》に告白なんてことまでできてしまったりして。もしも、もしも本当にそうなったら、一体実乃梨はどんな返事をくれるだろう——緊張《きんちょう》に乾いて裂けた唇をベロベロ舐《な》め回して興奮《こうふん》を押し殺しつつ、実乃梨の方をこっそり振り返ろうとする。と、

「そうだ、タイガーが準備委員やれば？」

「そうだよ、さっきクリスマス好きって言ってたもんな〜」

「適任じゃん！　やるべきやるべき！」

周囲から意外な声が上がり始めていた。能登《のと》も「やんなよ準備委員！」と大河に笑いかけたりなんぞしている。

大河はそんな声の中、顔を真《ま》っ赤《か》にしてオロオロ立ち上がり、

「そそそそんなにみんなが推薦《すいせん》するなら、やややぶさかではない！　フハハハハハー！」

照《て》れ隠《かく》しの高笑い。そして「フン！」ととりあえずふんぞり返ってみせて、

「貴様もやるのだ砂糖《さとう》なめくじ犬！」

竜児を指差し、しかし顔面《がんめん》は今にも蕩《とろ》け落ちそうにでろってろに緩《ゆる》んでいる。北村《きたむら》と一緒《いっしょ》にクリスマスパーティの準備ができる、しかもクラスメイトの推薦に応《こた》えて仕方なく、という自然な流れで——今、まさに大河の欲望が完全な形で叶《かな》えられようとしているのだ。そりゃ顔面も溶けるだろう。そんな顔面溶解大河の指はさらに実乃梨をずばっと指し示し、

「みのりんもやろうね！　一緒ね！　一緒ね！」

きゃあ〜〜〜〜！　と竜児をもさらなる歓喜《かんき》の渦《うず》の中へ蹴《け》り込んで下さる。大河はなんといういいこ、まさに恋の天使にして名プロデューサーだ。ドーナツのわっかを頭上に浮かべたクリスマスの申し子だ。竜児は鬼面をぐわっと上げ、実乃梨をついに振り返った。やろうね！一緒ね！　一緒ね！　しかし、

「ごめん。今回はみのりん、パスだぜよ」

「えっ⁉　なんで⁉」

大河の声に、竜児の心の声がぴったりシンクロする。ぜよぜよごわごわ後退していったきり離《はな》れていた実乃梨は頑固《がんこ》に口を結び、首を横に振るのだ。

「クリスマスパーティとか、そういう気分じゃないのだよ。本当に。……浮かれてる場合じゃ

ねえっていうか……例の試合の件でさ、もう、すっごいすっごい責任感じてるの。こんな状況で私がワーキャーやるのって、マジで、部活の連中に示しがつかないって思う。また年明けに試合があるし、練習もしなくちゃ。だからごめん。楽しんでよ、大河《たいが》は思いっきり」

そんな――それはつまり、準備委員をやらないばかりか、パーティにも参加しないということか。竜児《りゅうじ》はショックのあまり声も出ない。一人《ひとり》で自分勝手に盛り上がりすぎていたせいもあって、落差に耐えられない。一気に世界の彩《いろど》りが失われかけた、そのときだった。

「……おうっ！」

「えへへー♡　だったら実乃梨《みのり》ちゃんの代わりに、あたしがやろっかなあ～⁉」

ドン！　と半ばのしかかるみたいにして、座り込んだ竜児の背中を強く叩《たた》いてきたのは亜美《あみ》だった。「なんて顔してんだか」と小さな囁《ささや》き付きで。大河は顔を瞬間的《しゅんかんてき》に歪《ゆが》め、

「げっ、ばかちー⁉　やだめくんな、毛深いヤツはお断りだー！　失《う》せろ失せろ、毛玉は毛玉らしく森の住処《すみか》に帰るがいい！」

「あら～？　タイガーちゃんったら、そんなこと言っていいのかなあ？　クリスマスまではいいこちゃんしてるんでしょ～？　大好きなサンタさんが見てるよお～？」

「うっ……」

グロスで艶《つや》めくリップに人差し指を押し当てて上目使い、亜美は見事に一本、大河を黙《だま》らせる。そして「うふ♡」と甘ったるい笑顔《えがお》を花咲くみたいに満開にし、眩《まぶし》く輝《かがや》く大きな瞳《ひとみ》でクラ

スメイトたちの顔をゆったりと眺め下ろす。この場にいる全員の視線《しせん》を力ずくで吸い寄せるみたいな、アンフェアすぎる美しさでクラスの空気を一瞬で掌握《しょうあく》する。

「パーティなんて、すっごい楽しみじゃない⁉　あたし、絶対行く！　クリスマスパーティを学校でみんなでできるなんて、祐作《ゆうさく》にしては最高すぎる企画だよね！　も〜こういう企画、あたし大好き〜！　2－Cパワーで、絶対盛り上げよう！　ねっ、みんな！」

イエー！　と誰《だれ》かが叫び、自然と拍手が湧《わ》きあがる。「絶対絶対俺《おれ》も行くー！」「俺も委員一緒《いっしょ》にやるぜー！」「亜美ちゃんとイブを過ごせるなんて！」「今が人生最高の時ッ！」などと、野郎どもはあちこちで涙に咽《むせ》んでいる。女子たちだってそんな奴《やつ》らを指差し笑いながら、騒《さわ》がしくも楽しそうに目をキラキラと輝《かがや》かせている。

こういうの、本当にうまい奴なんだよな――竜児はほとんど呆《あき》れて亜美を見上げた。亜美は笑顔でクラスの熱狂《ねっきょう》をさらに煽《あお》り、大河に抱きついて「一緒にやろうね〜♡」と頬《ほお》にキスまでしている。「おげえー！」と大河はそれをのけつつ、己《おのれ》が己に課《か》した「いいこ縛《しば》り」のために本気で拒否することはできないのだ。

「あら〜？　なあに、その目は？　あたしと一緒じゃや不服？」

竜児の視線に気づいたのか、亜美は笑顔のまま片眉《かたまゆ》だけをちょっと上げ、大きな瞳を楽しげに光らせる。勝手に盛り上がり始めた連中をちょっと見回してから身を摺《す》り寄せ、そうして小声は低く、意地悪く、

「そっかぁ。高須《たかす》くんはあたしじゃなくて、他《ほか》の誰《だれ》かさんと一緒《いっしょ》がいいんだぁ～」

そんな囁《ささや》きを吹《ふ》き込んでくる。竜児《りゅうじ》はもちろんカチンとくる。同じく小声で耳元に、

「……ばーかばーかばーかばーかばーかばーか！」

熱《あつ》くしつこく呪《のろ》わしく、囁《ささや》きかけてやった。我《われ》ながらどうかと思う語彙《ごい》の貧弱さ、だけどこれが竜児にとっては精一杯の亜美《あみ》への反撃《はんげき》だった。亜美は「うわあ！」と耳を押さえて逃げを打つ。意外な効果——耳がくすぐったかったらしい。勝った、と竜児はせせら笑い。

「へっ、ざまーみろ」

「……低レベル！」

忌々《いまいま》しげに亜美は険《けん》のある目で睨《にら》みつけてくるが知ったことか。やーいやーいとさらに小躍《こおど》りでバカにしてやる。

「ちっ、タイガーが妙に大人《おとな》しくしてるからって調子《ちょうし》こいて！　……言っておくけど、高須くん。あたしには親切にしておいた方がいいと思うよ」

「なんで」

「あら～？　わっかんないのぉ？　こういう企画なら、しょーじき亜美ちゃんはお手のもの。盛り上げるも盛り下げるも亜美ちゃん次第。……なぜだか元気のない誰かさんを、騒《さわ》いで煽《あお》って連れ出すのも、亜美ちゃんのさじ加減一つでどうなることか……」

竜児の眉間《みけん》に皺《しわ》が寄る。亜美の唇に笑《え》みが浮かぶ。一体その笑みの意味は。そして、亜美の

意図は。

ただわかるのは、亜美の言葉が事実だということのみ。イベント、パーティ、企画の盛り上げ……それらはすべて亜美の超得意分野。まさか、さすがに天下の腹黒様たる川嶋《かわしま》亜美が竜児の片想《かたおも》いを成就《じょうじゅ》させるべく力を貸し、協力してくれる、なんて思いはしないが——囁きかける、甘い小声。

「高須くん、パーティ成功させたいんでしょ？　あたしは成功させたいけどな～。タイガーじゃないけど、あたしだってクリスマスは本当に好きだもの。一緒に過ごす彼氏も残念ながらいないし、仕事もないし、実家帰ったって親は忙しいし。学校でみんなで盛り上がって、楽しくパーティしたいと思ってるんだよね～……本気で」

亜美はにっこり、とさらに笑うのだ。髪をかきあげ、底の知れない潤《うる》んだ瞳《ひとみ》を光らせて。

「だ、か、ら、ね。一緒に、頑張《がんば》ろ？　……頑張りたくなったでしょ？」

竜児は顔を上げた。そして、亜美がたじろぐぐらいの勢いで、「……よっしゃ！」と頷《うなず》く。

答えは当然、イエスだ。イエス、イエス、イエス。頑張りたくなったとも。

そう、こんなところで死んでいる場合ではないのだ。亜美の腹の底を探っている場合でもない。今はとにかく、行動あるのみ。実乃梨《みのり》と自分のハッピーなクリスマスのための戦いは、もはや始まっている。

「おう！　頑張ろうぜ！　一緒にやろう、川嶋！」

「あは♡　やーっとやる気になった♡」

盛り上がる歓声《かんせい》の中、竜児《りゅうじ》は亜美《あみ》と息もぴったりにハイタッチ。「あー！　亜美ちゃんと親しくするなよ！」「だめだ、早く高須《たかす》をどうにかしないと」……辺《あた》りからは恨《うら》みがましい視線《しせん》を感じまくるが、今はそんなの無視だ無視。思うことはただ一つ。どうか、どうか実乃梨《みのり》の心が沸《わ》き立つように——一年にたった一日の特別な日に、恋する奴《やつ》らが炎と燃《も》える戦いの日に、実乃梨のハートにも火がつきますように。

実乃梨の視線は、しかし今は静かに冷えたままだった。クラスメートたちの歓声の中心にいる亜美の顔をただ見上げ、表情もなく、ただそこに立っていた。それを見つけ、亜美はさらに華《はな》やかに麗《うるわ》しく微笑《ほほえ》んで見せ、妙にゆっくりと囁《ささや》きかける。

「……あれえ〜？　どうしたの、実乃梨ちゃん。やっぱり一緒《いっしょ》にやりたくなったあ？　もしもそうなら、あたしは、いつでも、歓迎だよお？」

「だから無理なんだって」

早口で実乃梨はそれだけ言い返し、ふいと視線を逸《そ》らした。その瞬間《しゅんかん》の亜美の横顔を、竜児は見た。不思議《ふしぎ》に思い、問いはしないままただそれを見つめ続ける。

亜美は目を逸らした実乃梨の顔を、しばらく静かに眺めていた。実乃梨がなにか言ってくるのを待ってでもいるみたいに。

その日のうちに、男女合わせて各学年から数十人という十分な人数が準備委員会に立候補した。単に企画に賛同《さんどう》したお祭り好きな奴《やつ》らだけではなく、他《ほか》のクラスにまで伝わった川嶋《かわしま》亜美の参加表明が、爆発的《ばくはつてき》にその人数を伸ばした理由でもあったという。

＊＊＊

「え～、竜《りゅう》ちゃん期末試験《しけん》のおべんきょう～？　大河《たいが》ちゃんも一緒にぃ～？」

「そう。いつものファミレス。フライパンの中に鮭《さけ》ハンバーグがあるから、軽くあっためてから食えよ、餡《あん》を焦《こ》がさないように気をつけて。鍋《なべ》の味噌汁《みそしる》は大根と豆腐《とうふ》。あと冷蔵庫《れいぞうこ》に辛子高菜《からしたかな》があるから、ちゃんと取り皿に出してから食うように」

「あ～ん、おいしそ～なメニュ～！　作ったんなら、食べてから行ったらいいのにぃ～」

「他の奴らと一緒に食おうって待ち合わせしたんだ」

「じゃあやっちゃん一人《ひとり》ぼっちぃ～……」

ふにゃ～、と背後で実母が寂《さび》しげな声を上げるが、罪悪感を振り切るみたいにダウンに袖《そで》を通す。泰子《やすこ》にウソをついてしまった。他の奴らは本当は、家で夕食を済ませてから集まってくる。わざわざ夕飯までファミレスで済ます必要はないのだ。ただ、どうしても、先乗りしたい理由が竜児《りゅうじ》にはあった。余計《よけい》な外食費を使ってでも。それを稼《かせ》いでくる母親にウソをついてでも。

帆布《はんぷ》のトートバッグに勉強セットを放り込み、忘れずに兄貴ノートの束《たば》も放り込み、財布《さいふ》の中身を確認《かくにん》。携帯《けいたい》と鍵《かぎ》はデニムの尻《しり》ポケットにもう入れた。大河《たいが》には奪《うば》われずに済んでいるマフラーを巻き、ニットキャップはいるかいらないか少々考え、

「ちぇ～。やっちゃん、ギザさみしいでガンス」

「……っ」

取り落とした。振り返った。

冷え切った高須家《たかすけ》（ヒーターはあるがつけない、なぜならコタツがついているから）の2DKに、しんしんと沈黙《ちんもく》が降り積《つ》もる。なんだ今のは——寝転んでコタツに肩まで入り、ぐにゃぐにゃに溶けている実母は「えへ～☆」と息子《むすこ》に笑いかける。

「竜《りゅう》ちゃん、知らないのお？　はやってるんだよ～！　新人さんが教えてくれたんだあ～、若い子はこういうしゃべりかたするんでカスよ～、って！　ギザかわゆいんでガしょ～！　ギガントいまどきでガンしょ～！　えへへぇ～☆　そしてぇ、若い子のはやりについていけるやっちゃんはぁ、ギザギザかしこスんでヤンスガンしょ～ヌ！」

「……もうよせ！　やめてくれ！　なんかすげえ違うぞ！」

耳でも塞《ふさ》ぎたい気分で、竜児はヒステリックに叫ぶ。精神に負った傷は深い。まず、根本的

に、決定的に、泰子《やすこ》は色々《いろいろ》間違っている。この実母のアホさはどうだ。次に、「これがはやっている」と嬉々《きき》として息子に報告してくる行為そのもののおばさんくささたるや！　若い若い、いっそ幼い、とさえと思っていた母親だが、やっぱり十分にきっちりちゃんとおばさんなのだ。つきつけられたこの事実の重さ！　『なんとなく背負ってみた母親の軽さに老いを感じ、ショックを受けました』という国語の教科書に載《の》っていた有名な短歌がグルグルと脳裏《のうり》を駆《か》け巡《めぐ》る。

そんな息子の傷にも気づかず、泰子はコタツに座布団枕《ざぶとんまくら》でのんきに唇を尖《とが》らせ、

「え～？　違わなカんスよぉ、これでギザいいんでゲスよぉ～。テラ正解でヤンス～」

ノーメイクにユニクロ部屋着《へやぎ》スタイルのまま、鼻息を「ふんむ」と荒くする。しかし残念ながら、その行為はおつむのファイル破損《はそん》っぷりをさらに見せつける結果と相成《あいな》った。このときばかりは竜児も、父の遺伝子《いでんし》ばかりを選《えら》んで受《う》け継《つ》いでいるらしき己《おのれ》の肉体組成を神に感謝《かんしゃ》する。本当に、泰子の構造偽装《ぎそう》つるつる脳が遺伝しなくてよかった。会ったこともない、生死さえわからない父親の頭のデキなど想像しようもないが、少なくとも泰子よりは深いシワと濃厚《のうこう》な神経伝達物質を持っていたらしい。母子二人《ふたり》して「つるっつるギザ脳みそでヤンスカス☆」状態だったら、高須家は今頃《いまごろ》どれほどカオスなことになっていたことか――想像するだに恐ろしい。

「……インコちゃん。泰子を頼む。任せられるのはもうインコちゃんしかいないんだ」

鳥かごの中で翼《つばさ》を折り畳んで佇《たたず》むペット、ブサイクインコのインコちゃんにそっと語りかける。すると、インコちゃんの閉じていたボロクソな目蓋《まぶた》がぴくっと痙攣《けいれん》した。半開きになった腐肉色のくちばしの端《はし》から、どろどろっとあぶくが流れ落ちた。ずちゅっ……とインコちゃんはそれを長いベロですすりあげ、濁《にご》った糸をくちばしの上下に長く何本も粘《ねば》らせつつ、

「無理ス」

と、一言。そうしてプン、と白目を剥《む》いて、ひび割れた小枝みたいな足をガクガク踏ん張り、飼い主に背を向ける。ついでにプリッとこのタイミングで脱糞《だっぷん》。

「おう！　なんと反抗的な……！」

「インコちゃんもさびしカスだからすねてるんだよね～、ね～インコちゃん☆　ぎゃ～☆」

鳥かごの隙間《すきま》に差し入れた泰子《やすこ》の指先の皮をチッと小さく引きちぎり、インコちゃんはそいつを「ペッ！」と吐き捨てた。これはひどい反逆行為だ。竜児《りゅうじ》は思わず顔面《がんめん》を奇岩城《きがんじょう》のように険《けわ》しくして声を荒《あら》げる。

「どうしたんだインコちゃん！　いつもの素直でかわいいインコちゃんはどこに行ってしまったんだ!?」

「はっ☆　わかった～！　竜《りゅう》ちゃあん、アレだあ～！」

泰子が指差す先には、図書館《としょかん》で借りてきた料理本、『クリスマスのスペシャルなもてなし』が表紙を向けて置いてあった。その表紙には、デカデカと丸焼きになった鳥ドーン！　が。赤

字で大きく、『まるごとの鳥にむしゃぶりつこう！』とも。慌《あわ》てて本に飛びつき、座布団《ざぶとん》の下に放り込んで隠《かく》す。そして、

「……悪かった、インコちゃん。俺《おれ》が無神経だった。鳥ドーン！　なんて、うちでは作らないよ。絶対にだ」

　鳥かごに向かって正座し、頭を下げた。泰子も息子《むすこ》に習い、一緒《いっしょ》に「ごめえん☆」と頭を下げる。チラ、とインコちゃんの濁《にご》った目が、飼い主親子を振り返る。

「……ホント!?」

「本当だよ」

「……ゼッタイ!?」

「絶対だよ」

　くちばしを震《ふる》わせるインコちゃんの飛び出た眼球が、飼い主の放つ臨界《りんかい》寸前の眼光を映してテラテラ光る。頭頂部の鳥肌丸出しハゲ部分が、プツプツと毛穴を開く。そうしてペットと飼い主の亀裂《きれつ》がようやく修復されようとしたそのとき、

「っ……遺憾《いかん》だわ……！　なんだか、とっても、遺憾な光景だわ……！」

　大河《たいが》がいつの間にやら居間《いま》に上がりこんでいて、鳥かごに向かって親子二人《ふたり》が土下座《どげざ》しているその光景に、遺憾の意を表明していた。マンションの前で待ち合わせしたのになかなか竜児が降りてこないから、上がってきてしまったのだろう。そしてもっと色々《いろいろ》言いたいことはあり

そうだったが、「いいこ」真《ま》っ最中《さいちゅう》の大河《たいが》にはこれが限界だったのだろう。

「あ～大河ちゃん！　お勉強しに行くんだってぇ～？　ギラがんばでヤンス～☆」

「や、やっちゃん!?　い……いか、いか、いか」

泰子《やすこ》は口を尖《とが》らせ、おもむろに腕をニョロニョロ動かし始める。息子《むすこ》は思う。山海塾《さんかいじゅく》か？

いやいやこれはタコの真似《まね》だ。「イカ～」と本人は嬉《うれ》しげに呟《つぶや》いているが、タコ踊りだ。

「遺憾《いかん》、だわぁぁぁ……」

額《ひたい》を手で押さえ、大河は眩暈《めまい》に耐えるみたいに目を閉じる。


日も完全に落ち、真冬の夜の空気は凍りつくように冷たかった。風がないのだけが唯一《ゆいいつ》の救いで、道行く人々もみなコートの襟《えり》を立て、顔をしかめて足早に歩いてすれ違う。竜児《りゅうじ》と大河も「さびい！」「うおお！」以外にはろくな会話を交《か》わすことさえできず、競《きそ》い合うように街灯の照らすアスファルトの道を小走りに進み、およそ十分。

「うわ～！　さぶかったあ～！」

「はあ～！　あったけえ～！　……ってか、あっついな。空調《くうちょう》強すぎだろこれ」

飛び込むみたいに、眩《まばゆ》い光を放つガラスの扉を押し開けた。

おなじみの国道沿いのファミレス。店内に一歩入るなり、強いエアコンの熱気《ねっき》に竜児はむせ返りそうになる。うあーとか、ふえーとか唸《うな》りつつ、竜児《りゅうじ》はニットキャップを剝《は》ぎ取り、大《たい》河《が》もミックスカラーのふわふわモヘアキャップを脱いだ。淡《あわ》い色をした長い髪がコートの背にふわりと落ちて、二人《ふたり》して、やっと暖気に息をつく。

案内に出てきたウエイトレスさんに後から友人たちと合流することを伝え、とりあえず四人がけの窓際《まどぎわ》の席をゲット。フロアを見回し、竜児は迷惑《めいわく》にならないよう尋《たず》ねる。

「あの、すいません、今日《きょう》はアルバイトの櫛枝《くしえだ》さんはシフトに入ってませんか？　ええと……俺《おれ》たち、学校の友達なんですけど」

「櫛枝なら今日は休みです。ご注文がお決まりになったらボタンでお呼びください」

あっさり返され、竜児は固まる。休み？　そんなバカな。大河も「えっ」と眉《まゆ》を寄せ、

「うそ、おっかしいな、絶対ここだと思ったのに……月曜日《げつようび》の夜はいつもここでバイトのはずなのに。今日に限って休みなの？」

「やっぱり、ちゃんと確認《かくにん》すりゃよかった……ああクソ、しくじった」

今日はみんなで集まって勉強しよう、と大河は実乃梨《みのり》を誘《さそ》ったのだが、実乃梨には「部活の後にバイトだから」とそれを断られていた。ノートなら、必要になったらそのときに借りるから、それまでは竜児の自由にしていいとも言って。そういう事情があったから、せめて少しでも話ができるように、竜児はいじましくも今日のバイト先のはずのこのファミレスにわざわざ早めに来たのだ。しかし見事に空振《からぶ》り。

「なんか変よ。どこでバイトしてるのか訊《き》いてみよ」

大河は首を捻《ひね》りながらさっそく携帯《けいたい》を取り出すが、竜児は腕を伸ばして向かいからそれを押《お》し留《とど》める。

「……いいよ。やめとこうぜ。バイト中に電話きても迷惑だろうし、メールしてもどうせ向こうは返信できねえだろ。今日はもうしょうがねえよ、ちゃんと確認しなかったこっちが悪いんだ。それに、浮《うわ》ついてないで真面目《まじめ》に勉強しろっていう天のお告《つ》げかもしれねえ。……ほら、とっととメシ食って、あきらめて勉強始めようぜ。メニュー」

「……んー……」

大河はコートを脱ぎ、手渡されたメニューを開き、しかしどこか上《うわ》の空《そら》でなにごとか考え込んでいる。メニューの角を指で弾《はじ》いてやると、ようやく大河の視線《しせん》は文字を辿《たど》り始める。

「決めた、俺は冬野菜のビーフカレー。おまえは？」

「……かぼちゃのドリアにする。あとドリンクバー」

ボタンでウェイトレスさんを呼び、注文を済ませ、二人してドリンクを取りにいく。注文したものがくるまでちょっと見ておくか、と教科書を開いたところで、

「……ねえ、竜児。思ったんだけどさ」

妙に言いにくそうに口をモゴモゴさせ、大河は呟《つぶや》いた。なんだよ、と目を上げ、コーヒーに口をつける。

「あんたさ、みのりんに、避けられてない？」

――ガチャン、と、コーヒーのカップを皿に乗せそびれ、大きな音を立ててしまった。しかも熱々《あつあつ》の中身が少し手にかかり、驚《おどろ》いて引いた肘《ひじ》が壁《かべ》に思いっきりぶつかる。声も出せないほどの痛みと痺《しび》れに、竜児《りゅうじ》は思わず顔を伏せた。

「あーあ……やっぱ、言わなきゃよかった……」

「……いや！　聞かせてもらおうか！　な、なんで!?」

大河《たいが》は呆《あき》れたみたいに視線《しせん》を斜め上方に向けつつ、長い髪を指先でクリクリいじりながら低く語る。

「今日《きょう》、久しぶりにみのりんとあんたをセットで眺めて思ったのよ。……私が停学になる前は普通に二人《ふたり》で喋《しゃべ》ったりしてたのに、今日《きょう》は会話ゼロ」

「……ゼロってことはねえよ。喋ったぞ、ちゃんと、何回も」

「あんなもんゼロも同然。っていうか、ろくに二人で会話ができる状況にならなかったじゃん。私がみのりんを竜児のそばに呼ぼうとしても、みのりんは絶対に近寄ってこなかった。ふざけてばっかりで、ちゃんと相手にしてくれなかった。勉強に誘《さそ》っても来ない。バイトしてるはずなのにいない。……もしかしたら、バイトっていうのはウソなのかも」

「ウソって――そりゃ、いくらなんでも穿《うが》ちすぎだ」

実乃梨《みのり》はウソなんて絶対につかない。ウソをつくような人間ではない。……と、少なくとも

竜児は信じているのだが、大河はそうでもないらしく、

「わかんないじゃん。みのりんはただの『おバカでカワイイ女の子』なんかじゃないもん。見かけどおりに、単純で明るい、おもしろいだけの子じゃないってことぐらい、狂信者のあんたにだってわかるでしょ。……そこがみのりんの良いところでもあるんだけど……」

「……それは……」

確《たし》かに。そう言われてしまえば、竜児も頷《うなず》かざるをえなかった。狂信者、などと呼ばれることには納得《なっとく》いかないが、たとえば夏の旅行の時など、実乃梨に一杯食わされたことなら確《たし》かにこれまで何度もあった。

「……そう、だけどよ」

「それに、そのうえ、イブのパーティも準備委員やらないって。来る気もないって。いつものみのりんならそんなのありえない」

「……いや。その件は試合のことで落ち込んでいるから、って櫛枝《くしえだ》が言ってただろ。あれがウソだとはどうしても思えねえよ。……そうだよ、櫛枝の様子《ようす》がおかしい、ってなら、それは試合のことで落ち込んでるから、なんだよ」

だから避けられてなんかいないとも。なにかを言い返そうとした大河の言葉に蓋《ふた》をしてしまうみたいに、竜児は少し声を張る。

「問題は、そこをどう盛り上げて、連れてくるか、だ。エンジェル大河さまの腕のみせどころ

だろ。まっぱになるって言ったじゃねえかよ」

「はあ？　まっぱ？　言ってないよそんなこと。なにふざけてるのあんた、そんな場合？」

罵声《ばせい》抜きでも十分に冷ややかな視線《しせん》を浴びせられ、竜児《りゅうじ》は思わず口ごもる。はあ〜、とそこに、わざとらしいほど大きな溜息《ためいき》。大河《たいが》は恐らく舌打ちでもしたい気分でいるのだろうに、それをこらえてココアを啜《すす》る。

「……まあ、もちろん、それはわかってるわよ。エンジェル大河は愛の御使《みつか》い。クリスマスの申し子。いいこの鏡《かがみ》。サンタも見てる、チェックしてる。……だから、なんとしてでも、イブにはみのりんをパーティに連れてくる。あんたの告白がうまくいくよう、キューピッドとして本気で応援するつもり」

一体どこまで本気なのか、片目をつぶって弓に矢をつがえ、狙《ねら》い澄《す》まして竜児のハートを打ち抜く仕草《しぐさ》まで。……ここで竜児のハートを狙っても意味はなさそうな気はするが、やっぱり問題はそこではない。

「こ——く、は、く、は、できるかどうか、自分でも、わかんねえ……」

「するべきよ。イブだもの。聖なるクリスマスの前夜だもの」

さらっと断言し、しかし二度目の溜息に、いいこの大河の眉《まゆ》は曇《くも》った。

「……でも、やっぱりなんか変だったのよ。そう思うの。どうやって応援したらいいのかわからなくなっちゃった。あんたとみのりん、前とは違う。前はもっとあんたたち、」

お待たせしましたー、と店員の声に大河は言葉を切った。二人《ふたり》の前に料理が置かれ、伝票がホルダーに差し込まれ、その間しばしなんとなくの沈黙《ちんもく》。店員が去って、竜児は大河にスプーンを手渡してやる。

「で？　……もっとあんたたち、の続きは？」

「……ああ、もういい。考えても私にもわからない。あんたにだってわかるわけない。冷めちゃうから食べよ、とりあえず。いただきまーす。……あちちち！　あー！」

大河はさっそく一口目から火傷《やけど》、しかもホワイトソースを開きっぱなしにしていた数学の教科書にボタッと垂《た》らし、

「あーあ！　ったく、やると思った！　ドジなんだから、ふけふけ、ほらちゃんとふけ！」

「ふいたってば、これでいい。……あ～、油でシミになっちゃった……まあいっか。これで試《し》験範囲《けんはんい》がわかりやすくなったわ、このシミのところからって」

なにを言ってるんだか、と呆《あき》れながら教科書を取り上げ、大河が諦《あきら》めた食いこぼしシミをティッシュでもうちょっと頑張《がんば》ってみる。そのとき、

「いよっす！　高須《たかす》&タイガー、お待たせ！　みんな来たよ」

「おまた～！　あっいいな～、なんか食ってる！　うまそ～、俺《おれ》もなんか頼もうかな～」

能登《のと》と春田《はるた》の声に顔を上げ、「おう」と手を振った。そして二人の後ろにはさらにもう二人の姿があり、竜児は少々驚《おどろ》く。大河も動揺《どうよう》したらしく、スプーンをくわえたままで固まってし

まう。

「よう！　今日《きょう》はほんとに寒いな！　さすがに俺《おれ》も、そろそろダウン欲しくなってきた」

「そーだよまるお、ダウンが絶対一番あったかいって前から言ってるじゃん。結構安いのもあるし。あ、ほらほら高須《たかす》くんもダウンだよ」

受験生《じゆけんせい》みたいなグレーのダッフルコート姿の北村《きたむら》の傍《かたわ》らには、ショート丈《たけ》のダウンに真冬だってのにド根性で膝上生足《ひざうえなまあし》ミニスカ、ロングブーツ姿にフカフカファーのでかいバッグを抱えた麻耶《まや》がくっついていた。少しダークトーンに染《そ》め直したサラサラのストレートロングに、マスカラとグロスだけの淡《あわ》い化粧がよく映えて、近くの席に座っていた制服姿の野郎軍団があからさまに麻耶を見たのがわかる。亜美《あみ》が現れたときの「芸能人だ……うわあ！」という視線《しせん》とも違う、大河《たいが》が現れたときの「美少女だ……へえ～！」という視線とも違う、もっと生々しく距離《きより》感《かん》の近い、なんとなればそのままナンパでもされかねない、勢いのあるざわめきが竜《りゆう》児《じ》の耳にまで届く。そんな麻耶と待ち合わせをしていたという優越感《ゆうえつかん》を感じない、わけではないのだが。

「木原《きはら》。……どうしたんだよ、珍しい」

「あたしも兄貴ノート、コピー欲しくて。一人《ひとり》じゃ勉強する気にもならないし。一緒《いつしよ》していいかな？」

「や、もちろん……今日は川嶋《かわしま》とか香椎《かしい》は？」

「あー、来られないみたい。そうそう、亜美ちゃんと奈々子《ななこ》にもコピー、回していい？」

「そんなの全然構わねえ、けど……」

亜美が来るならまだわかるが。麻耶が、それもいつものトリオを離《はな》れて単体で現れるとは思わなかった。「ねえ早く座ろうよ」と麻耶は北村のコートの袖《そで》を掴《つか》む。スプーンをくわえたままの大河の眉間《みけん》にシワが寄る。が、亜美ならともかく、相手が麻耶ではどう出ていいかもわからないのか、もしくはいいこ縛《しば》りが邪魔《じゃま》しているのか。大河は声一つ出せないままに、北村と、北村にくっつく麻耶を交互に見上げる。と、

「さあさあ座ろうよみんな座ろうよ！　さすがに六人じゃここ狭いよな」

能登《のと》は妙にテキパキと、「ここも占領～」と通路を隔《へだ》てた二人《ふたり》席に自分のバッグを置いてキープ。そうしておいて、

「はいはい、ちょっとタイガー立って！　春田《はるた》そこの奥ね！　木原は高須《たかす》の隣《となり》ね、どーぞどーぞ。で、俺《おれ》が春田の隣とっぴ。タイガーはこっちこっち、ドリア持って、こっちの席ね。はい北村もそこにどーぞ。俺の荷物とって、サンキュー。はい、これでよし」

——気がつけば、二人席に北村と大河はうまい具合に配されて二人で向かい合っていた。他《ほか》の四人とは少々離れて。

「え、え、ちょ、ちょっと待って⁉　あたしもあっちの席がいい！　いや、その、えーと、あっわかった、タイガーと女子同士で座るよ！　ねねね、タイガー、そうしようよ！」

妙にオドオドと慌《あわ》てた様子《ようす》で麻耶《まや》は立ち上がろうとするが、大河《たいが》の返事を待つ隙《すき》も与えずに「おだまりんぐ〜」と春田《はるた》が鼻を豪快《ごうかい》にほじる。その指を麻耶にびしっと突きつける。

「うわっ、きたな！」

「わがまま言うなよな〜、高《たか》っちゃんの隣《となり》がそんなに嫌《いや》かよ〜？　高っちゃん超かわいそうじゃんな〜、冷たいよな〜木原《きはら》は。残虐《ざんぎゃく》だよな〜、なあ、高っちゃん」

汚い指を今度は竜児《りゅうじ》に向けてくる。麻耶はなんだか必死な面持《おもも》ちで首を振り、

「え!?　違う違う、そうじゃない！　そういうんじゃないけどさあ、」

「じゃあ注文しようぜ！　ドリバー四つ追加でいいよね！」

能登《のと》は異様な手際《てぎわ》の良さで麻耶の言葉をシャットアウト。素早《すばや》くボタンを押し、店員を呼んで注文完了。麻耶はタイミングを失い、口を噤《つぐ》み、それでもなにか言いたげに能登の顔を睨《にら》みつける。能登はシカト、「あ、指紋」と眼鏡《めがね》を外《はず》し、紙ナプキンでせっせとレンズを拭《ぬぐ》う。

なんだこの空気は——竜児がちょっと息を飲んだそのとき。

「さて、それではフリードリンクタイムだな！　ぞろぞろみんなで行っても迷惑《めいわく》だし、俺《おれ》が代表して飲み物をとってこよう。リクエストあるか？　なけりゃ全員コーラ！」

すべてに構わずマイペース、立ち上がったのは北村《きたむら》だった。「全員コーラ」の男らしさに、能登・春田・竜児の三人は「おーう！」と思わずその背に拍手を送る。その直後、

「あ、あ、あ、私あったかいのがい、い、い……いいや！　私も行く！」

大河が顔を真っ赤に染《そ》め《か》ながらも北村の後を追って席を立った。能登と春田が「よーう！」とハイタッチ。竜児はきょとん、と。麻耶はむっつりと。北村と大河の二人《ふたり》はドリンクバーの前で、コップを手渡したり、氷を入れたり、カップが見つからなくて店員を呼んだり、氷を落としたり（大河）、それを拾ったり（北村）、トングを落としたり（大河）、それを拾ったり（北村）、傍目《はため》にはなかなかのコンビぶりに映る。

能登と春田は満足そうにその様子をニヤニヤ眺《なが》め——

「……で。おまえはなにをしようとしてんだよ」

「え。なに。なんの話」

「すっとぼけてんじゃねー」

竜児の邪眼《じゃがん》が能登のささやかなかわうそ目を眼鏡越しにじっと見据《みす》えた。いくら鈍《にぶ》い自分でも、ここまでされればさすがに気づく。

「なんで大河と北村を妙にくっつけようとするんだよ」

そう。朝からずっと、能登の動きは妙だったのだ。大河を北村に焚《た》きつけるようなことばかり、さりげないなんてとても言えないあからさまさでやり続けていた。闇《やみ》に属する黒き炎をメラメラ燃《も》やす竜児の眼光に、かわうそ如《ごと》きが耐えられるわけもない。能登はあっさり降参し、ぺろ、と舌を出してみせる。ちなみにまったくかわいくない。

「……ばれたか。ま、いいや。高須《たかす》にも協力してもらいたいしね。俺《おれ》さ、北村とタイガーってかなりイイ感じだと思ってるんだよね」

「あ、俺《おれ》も俺も〜！」

ね〜！　と気持ち悪く手を重ね、能登《のと》と春田《はるた》が頷《うなず》きあう。竜児《りゅうじ》の動きはぴたりと止まる。

「ほら、北村《きたむら》は兄貴にふられて傷心じゃん、今。生徒会長として頑張《がんば》ってるけど、やっぱり傷ついてるはずじゃん。早く元気になってほしいじゃん。そのためにはさ、新しいラブが特効薬だと思わない？　それに、ここだけの話……」

能登はそっとドリンクバーの方を振り返り、大河《たいが》と北村がまだ戻ってこなさそうなのを確認《かくにん》してから声を潜《ひそ》める。

「……タイガーは、北村のこと好きっぽい。これガチだよガチ。……高須《たかす》のことだから、そういうの全然気づいてないんだろうけど」

思わず、だ。

思わず、能登のツラを見返していた。口半開きの間抜け顔で。うんうん、わかるわかる、と能登は勝手に納得顔《なっとくがお》、

「あー、やっぱり驚《おどろ》くよね。俺も超意外だったもん、『あの』タイガーにそういう乙女心《おとめごころ》みたいなのがあるなんて。特に高須は今まで一番近くでタイガーの面倒《めんどう》みてきたんだし、驚いて当然だと思うよ」

「……」

声はまだ出ない。なにも出ない。言葉一つ、だ。

喉《のど》に詰まった言葉は、なんでそれがわかったのか、とか、そんなのとっくに知っていた、とか、そういうことではまったくなかった。そうではなくて、自分でも意外なことに、

——おまえらになにがわかる。

とか、

——なにもわからないくせに、余計《よけい》な手出しをするな。

とか、

——放っておいてくれ。

だとか。

それらは、まるで淡《あわ》い怒りのような感触で静かに湧《わ》き上がり、竜児の顔から表情を奪《うば》っていくのだ。侵された独占欲のような、思いあがった優越感《ゆうえつかん》みたいな、そんな的外《まとはず》れな色合いをまとって。

そのうえさらに、「そんなんじゃないって」「違う違う」……そんなことまで思いかけ、ようやく自分の考えの変さに気づく。一体なにが「そんなんじゃない」のか。なにが「違う」のか。大河は北村が好き。それは確《たし》かに事実ではないか。ずっと以前から、竜児と大河の前に一番大きく置かれていた命題そのものズバリではないか。あっているではないか。

それなのに、どうして自分は今、客観的《きゃっかんてき》な事実として明らかな言葉にされた「それ」を、

否定しようと、拒《こば》もうとさえ、しているのだろう。

わからなかった。自分ではもう、なにもわからない——

「はい、おまちどう！　コーラ四つな！」

目の前にトレイが置かれ、弾《はじ》かれるように竜児《りゅうじ》は顔を上げた。今日《きょう》も全身ユニクロカジュアル丸出しで、北村《きたむら》がてきぱきとトレイに乗せてきたドリンクを四人の前に配っていく。

「まずはみんな揃《そろ》って、数学から手をつけないか？　それでわからないところがあったら、みんなで会長のノート見ながらシンキングタイムしよう」

「いいけどさ、大先生にはわからないところなんかないっしょ～？　俺《おれ》なんか、わかるところないけど……」

春田《はるた》の声に、北村は笑いながら首を横に振ってみせる。

「それが結構あるんだって。じゃ、後《のち》ほど」

身を翻《ひるがえ》し、大河《たいが》と二人《ふたり》のテーブルに戻っていく。大河は端《はた》から見ても緊張《きんちょう》しまくり、ドリアをまずは片付けてしまおうとしてスプーンを落とし、それを拾《ひろ》おうとして筆箱《ふでばこ》を落とし、拾おうとして教科書を落とし、最終的にノートを落とす。そのたびに顔の色は、一段階ずつ濃《こ》いピンクに染《そ》まっていく。大丈夫か、と北村に助けられ、一緒《いっしょ》に拾ってもらいながら、大丈夫、とぎこちない笑顔《えがお》を返す。見返す北村も、優《やさ》しげに笑っている。竜児が手を出す隙《すき》などなく、四本の手は落とした物を手際《てぎわ》よく拾っていく。

「……ほらね。やっぱ結構お似合いだよ。じゃあちっと勉強前に便所行ってくるわ」

「あ、俺も行こ～っと」

能登《のと》と春田が席を立ち、竜児は、それでもまだ動けずにいた。とても不思議《ふしぎ》な気分だった。

能登という「第三者」からの視点を与えられたことによって、今、唐突《とうとつ》に、少し離《はな》れて座った大河と北村の姿が、まるで初めて見る知らない人たちのように思えてきたのだ。そして、なるほど、と。なるほど——知らない二人だと思えば、確《たし》かに大河と北村は、自分が今まで思っていたよりもずっとずっとお似合いなのだ。本当に。

「た、高須《たかす》くんってば！　ねえねえねえ、ねえ！　ねえっ！」

「……あ、おう……」

隣《となり》に座った麻耶《まや》に肘《ひじ》でグリグリと押され、ハッ、と目を瞬《しばた》かせる。麻耶は声を低くして竜児にしか聞こえない声音《こわね》、あせったみたいに顔をしかめて囁《ささや》く。

「高須くんはどう思ってるの!?　あいつらと同じこと、思う!?　……あの二人がお似合いって、付き合えばいいって、そう思う!?」

「えっ……いや……それは……っていうか、あまりにも……いきなりで……」

思わず口ごもったところを狙《ねら》い撃《う》ちするみたいに、麻耶は「やっぱり！」と頷《うなず》いた。

「だよねえ、思わないよねえ！　……みんなそう言うけど、でもそんなことないよねえ！」

「ちょっと待て、その、みんな、ってのは……」

「高須《たかす》くんはタイガーとまるおがくっついちゃったら、やっぱりおもしろくないよねぇ！　みんなね、高須くんがタイガーと一緒《いっしょ》にいるのは、単に高須くんがめっちゃ優《やさ》しくて世話焼き体質だから、って言うのよ。それ以上でもそれ以下でもない、って。でもさ、やっぱり本当は、タイガーのことが好きなんだよね⁉」

「は⁉　え、え、ちょ、……え⁉」

「あたしは高須くんのこと応援するし！　マジで！　……だから諦《あきら》めちゃだめだよ！」

力強くガッツポーズをしてみせ、麻耶《まや》は大河《たいが》と北村《きたむら》のテーブルにそっと目をやる。いまさらなにをどう否定しても、彼女にはもはや通じないだろう。北村が女子たちみんなに人気があるのはずっと前から知っているから、いまさら麻耶が北村に向ける熱《あつ》い視線《しせん》に驚《おどろ》きはしないが、そうではなくて。ちょっと待ってくれよ、と。

一体、自分が知らぬ間になにがあったというのか。誰《だれ》がどこまでなにを知って、そしてどこを目指して動いている。自分はどうすればいい。さっきから混乱することばかりで、もはや心中は整理《せいり》がつかない。ギガント混乱するンガンゼンローゼス。てらアンダルシアがイスカンダール。意味がわからない、それぐらい。

大河と北村はドリアの皿を下げてもらって、仲良く数学の教科書を開き、しかしそこには目を落とさずになにやら言葉を交《か》わしていた。断片的に聞こえる単語は、クリスマスイブだの、パーティだの、準備委員が、生徒会が、……などなどと。能登《のと》と春田《はるた》が戻ってきて、こちらのテーブルでも教科書を開き始める。「兄貴ノートはみんなで帰りにコンビニでコピーしまくればいいよね」「ってか、今順番に抜けてコピーしにいく？」「それはさすがにお店の人に怒られるんじゃないの」——会話に加わる素振《そぶ》りで頷《うなず》いたり首を振ったりしながら、しかし竜児《りゅうじ》の腹は据《す》わらない。ただ落ち着きなく漂い、彷徨《さまよ》い、どこを見ればいいのかもわからないまま、流されるままに右を見たり、左を見たり。そして正面を見て思い出す。いけない、カレーがすっかり冷めている。なんやかんやで食べるのを忘れていた。……そうだ、まずはこいつをささーっと片付けてしまおう。

スプーンを握《にぎ》り締《し》め、カレーをたっぷりライスとともに口に放り込んだそのときだった。

「検便ー！　竜児、検便よ！　準備委員は全員、検便だってよー！」

ブーッ！　と、カレーをすべて噴《ふ》きかける。危ういところで必死に唇をきゅっとすぼめ、茶《ちゃ》色《いろ》いそれを飲み下す。

「お、おまえ……わざとか!?」

「はあ？　なにが？」

不思議《ふしぎ》そうに首を傾《かし》げた大河の後ろで、北村がうんうんと深刻そうに頷いている。

「検便は事実だ。食品も扱うことになるからな、全員検便なんだ」

「こら～！　ちょっとおまえら～！　デリカシ～がないぞ～！　うんこ食べてる人がいるんだから、カレ～の話するなよな～！　あれ、間違えた！　カレ～食べてる人がいるんだから、うんこの話するなよな〜！　なあ、うん……カレー食ってる高《たか》っちゃん！」

優《やさ》しい春田《はるた》に追《お》い討《う》ちをかけられ、繊細《せんさい》な竜児《りゅうじ》の目には、すっかりカレーが別のなにかに見えてくる。メラいやンデルセン。

3

しかし光陰矢《こういんや》の如《ごと》し。日々たゆむことなく進む時は、のんきに混乱していられるほど、竜児に余裕を与えてはくれないのだ。


「はぶっ！」

「きゃあ！」

――くぐもった二人分《ふたり》の悲鳴の中を、キラキラと輝《かがや》く切片が舞《ま》い散る。あー！　と後に続く奴《やつ》らがさらに悲鳴を重ね、カラになったダンボールは空《むな》しく廊下の隅《すみ》へ転がっていく。

「やだっ！　どうしよう、最悪！　全部バラまいちゃったー！」

「ったくもう、ドジ！　騒《さわ》いでる間に拾《ひろ》え拾え！　見せろ、ヒザは大丈夫か？　あーあ、擦《す》りむいてるじゃねえかよ！　もー、ほんっとにドジなんだから！」

「言われなくたってわかってるよ！　ったあ……やっちゃった……」

大河《たいが》が放課後《ほうかご》の廊下に全部ブチ撒《ま》けてしまったのは、今まで五人がかりでチマチマとテープを切り刻んで作っていた、大量の金と銀《ぎん》の紙吹雪《かみふぶき》だった。こんなもの買おうと思えばそこらで売っているのだが、意外と高価なのがわかって、経費削減に励む準備委員会は手作業で作ることにしたのだ。始業前、昼休み、そして放課後と、黙々《もくもく》と地味に作業すること数時間。ようやくダンボールで数箱分の十分な量が仕上がったところで、どこかのドジが前転で二回転ぐらいしながら一箱《ひとはこ》丸まるバラまきやがったわけだ。

ドジな犯人は立ち上がり、忌々《いまいま》しげに顔をしかめ、痛そうに赤くなってしまった自分の膝《ひざ》を覗《のぞ》き込む。

「ちょっとー！　こっちも誰《だれ》か拾ってくださーい！」

「あっ、すいません……」

大河に背後から追突された独身担任（30）の声に、竜児は慌《あわ》てて振り向いた。見れば、独身（健康状態優良《けんこうじょうたいゆうりょう》）が抱えていた大量のプリントも廊下に散乱してしまっている。コケたりしなくてよかったが、……さすが三十路《みそじ》、どっしり下半身……とか言ったら多分《たぶん》開いてはいけない独扉が独次元に開く。余計《よけい》な口は利《き》かぬままに急いで廊下に跪《ひざまず》き、紙吹雪は他《ほか》の連中に任せて竜児《りゅうじ》はプリントを集め始める。

「いやだも～！　ページ順だったのにバラバラになっちゃったじゃないの～！」

「マジですいません、犯人はあいつです。あの小さいアホです！」

紹介され、大河《たいが》はスカートの端《はし》をちょこっとつまんで膝《ひざ》を折り、無表情で「どーも！」と意外な素直さで頭を下げてみせる。これもいいこ大河の一環《いっかん》なのだろう。通常バージョン大河ならば、今頃《いまごろ》独身（両親とも健在）は十六ビートの舌打ち地獄《じごく》で永遠のソロステップを独独と踏み続ける羽目《はめ》になっていたはずだ。そんな己《おのれ》の僥倖《ぎょうこう》も知らず、独身（兄弟なし）は「まったく落ち着きがないんだから……」と眉《まゆ》をくもらせる。

「最近いつも準備委員の仕事ばっかりしているみたいだけど、あなたたち大丈夫？　クリスマスパーティもいいけど、テストのことを忘れたらだめよ。特に逢坂《あいさか》さん、停学の間に進んでしまった授業はフォローできてるの？」

あー、うー、と紙吹雪《かみふぶき》集めに没頭している大河は適当に生《なま》返事、代わりに竜児が答える。

「最近は夜にみんなで集まって勉強会やってるんです。わからないところは質問しあって進めてて、教えるのも教わるのもお互い勉強になる感じで。そもそも大河にはあんまりわからないところとかもないみたいだし、しかも最終的には狩野先輩《かのうせんぱい》の必殺ノートがあればほぼなんとかなってるっていうか」

「そうなの？　……まあ、逢坂さんはもともと成績《せいせき》だけはいいし、高須《たかす》くんもかなりいい成績できてるけど、春田《はるた》くんとか春田くんとか春田くんとかがねえ……」

「……春田っすか」

「あと春田くんとか。……はっ。春田くんはまさか、準備委員会やってないでしょうね？」

「大丈夫です、北村《きたむら》の厳命《げんめい》であいつはパーティにはノータッチ、勉強に専念させてます」

グレーのニットに白のタイトスカート姿、胸元に小さなダイヤのペンダントを揺《ゆ》らして鉄壁《てっぺき》しゃがみ（膝を床《ゆか》について腿《もも》を斜めに傾け、下着が覗《のぞ》く隙《すき》を決して見せない最強のパンチラガード法。上品だが、習得すると隙なしモテなしオーラが高まるぞ！）、独身（公務員）はプリントを集めつつ、それでもなお心配そうに竜児の顔を覗き込んでくる。

「勉強をおろそかにして、高須くんたちまで成績急落なんてことにならないように、くれぐれも、く、れ、ぐ、れ、も、お願《ねが》いね。……あなたと逢坂さん、ここしばらくは準備委員会のことばっかりやってるみたいで、先生ちょっと心配なのよ」

「すいません……」

小さく謝《あやま》って、竜児はぽりぽりと頭を掻《か》いた。

確《たし》かに、独身（四大卒）の心配はあながち的外《まとはず》れでもないのだ。ここ最近の竜児、そして大河の日々は準備委員会の仕事に費《つい》やされ、嵐《あらし》の如《ごと》く多忙であった。

朝は早くから生徒会の連中と集合して、パーティのための準備をあれこれと。やることはいくらでもあるのだ。人員を割り振りし、必要な物資をそろえる手はずを整《ととの》え、予算を計上し、教師方に生徒会の予算から費用のおねだりをし、昼休みにも集合して、今度はイブまでの日程と作業のケツを切り、グループごとに分かれてするべきことを決め、進捗《しんちょく》を確認《かくにん》し合い、放課《ほうか》後《ご》は放課後で紙吹雪《かみふぶき》作りやら飾りつけ準備やら、主に頭数をそろえての肉体労働を行う。

それと並行して授業は当然いつものようにあるし、期末試験《しけん》も迫っている。夜はファミレスやら誰《だれ》かの家やらで集まって勉強会を行い、解散してからはそれぞれの家でさらに個別に勉強タイム。教師たちからは、口をすっぱくして言われていたのだ。イブのパーティはあくまでも「お目こぼし」で許可されただけで、もしもパーティの準備にかまけて授業をおろそかにしたり、試験の成績《せいせき》が落ちるような者があれば、即刻中止にする、と。

特に大河《たいが》が準備委員会に参加することについては、良い目で見る大人《おとな》たちはいなかった。もとより学校一の問題児、誰もが知るトラブルメーカー、さらに先日ついに前科持ちにまでなった大河が、正規の行事ではない生徒たちのいわば「お楽しみ会」に関《かか》わることを歓迎《かんげい》する向きなどあるわけがないのだ。反省の態度が見られないだとか、処分が甘すぎただとか、その手の厳《きび》しい意見も少なからず出たらしい。

そこにたった一人《ひとり》、独身である、いや、担任である恋ヶ窪《こいがくぼ》ゆりだけが、大河のこれまでの成績が決して悪くはないことや、大河自身の情緒《じょうちょ》安定のために必要なガス抜きになること、責任ある立場として行事に関わることでこの学校の生徒としての自覚も深まるだろうことなどを理由としてあげ、賛成《さんせい》してくれたのだった。いわば独身（一人娘ですが、恋ヶ窪家の家名には拘《こだわ》りません）が大河のケツ持ち、大河がコケれば独身（つまり、婿《むこ》養子なんて希望しません！）の立場も危《あや》うくなる。——今まさに、それを具現化したかのような出来事が起きてしまったわけだが。

「……でも、とりあえず、大河のことなら本当に心配いらないと思います。大河って、俺《おれ》より全然成績いいんですね。今回の試験で一緒《いっしょ》に勉強して、そのついでに中間の結果とかも見せてもらって、初めて知りました。意外、とか言ったらあいつに悪いけど……」

「一年生の頃《ころ》には何回か記名忘れで0点扱いー、ハイ追試ーとかあったのよ。でも今年《ことし》からは、私が試験前に『名前ね！　名前！　なーまーえっ！』って言って聞かせてるから大丈夫」

「いつもドジがお世話かけて……はい、これで全部っす」

「thank you!」

「すいませんでした。で、独……じゃねえ、先生はイブの学校のパーティに来てくださるんですか」

「行くもんかい！　予定なんかないけどプライドにかけて行きませんとも！　……でも、」

うふふ、と語尾が、柔らかな不意の笑いに揺《ゆ》れた。

「成功すると、いいわねえ。こんなに一生懸命《いっしょうけんめい》準備しているんだから、報《むく》われなくちゃね」

独身（だからいつでもお嫁《よめ》にいけます！）のその言葉に、竜児《りゅうじ》は我知《われし》らず鼻の先だけ赤らめる。ついに鼻先からも火炎放射が可能に！　……ではなくて。報われる——それはすなわち、実乃梨《みのり》がパーティに来てくれる、ということで。片想《かたおも》いの相手とイブを過ごせるということで。そのために竜児《りゅうじ》は、そしてエンジェル大河《たいが》さまは、パーティの準備に貴重な日々の時間の多くを費やしているのだ。

報《むく》われたいとも。竜児はすこし黙《だま》ってその言葉を噛《か》み締《し》める。一生で一度の十七歳のクリスマスイブを……恋人たちの日を、実乃梨と一緒《いっしょ》に、過ごしたい。大河だって同じ気持ちのはずだ。北村《きたむら》と一緒にパーティを成功させたいと願《ねが》っているはずだ。

独身(あ、語学も堪能《たんのう》です♡)はそんな事情など知らないだろうが、しかしそっと大河に向けた視線《しせん》には、真摯《しんし》なぬくもりがこめられているように思えた。担任として、本気で問題児である大河のことを気にかけてくれているのが、その視線だけで竜児にも十分に理解できた。この大人《おとな》はやっぱり味方なのだと思う。

大河は廊下に這《は》いつくばり、「逢坂先輩《あいさかせんぱい》! ゴミが一緒に入っちゃってます~!」「げ! あわわ、やばいやばい!」「ゴミは私が取るんで、とにかく先輩は集めて下さい! 誰《だれ》か通ったら散らばっていっちゃいます!」「やだー! やっぱーい!」——一年生たちと大騒《おおさわ》ぎしながら、己《おのれ》のドジの尻拭《しりぬぐ》いをしていた。顔合わせをした当初こそ、最凶《さいきょう》生物・手乗りタイガーの出現にびりまくっていた下級生たちも、大河がクリスマス限定いいこバージョンなせいもあってか、今ではすっかり先輩たちの一人《ひとり》としてわりかし普通に接し、そのドジのフォローにも慣《な》れてきたようだった。

先輩あっちあっち！　そっちもそっちも！　そんな後輩たちの声に忙しくチマチマと右往左往する大河の様子《ようす》を見ているうちに、竜児も思わず、顔面《がんめん》をひきつれるように禍々《まがまが》しく痙攣《けいれん》させる。笑顔《えがお》である。

「……大河は、クリスマスが大好きらしいんです。俺《おれ》には正直ちょっと理解しがたいけど……それであんなに張り切ってるんです。サンタが見てるからいいこにしてる、とかアホなことも言って」

「まあ、そうだったの。……わかるなあ、女の子はみんなクリスマス好きですもの」

「そういうもんすか」

「先生ももう女の子なんて年じゃないけど、好きですクリスマス……ティファニーにカルティエ、グッチにコーチ……エルメス、ブルガリ、ディオール、ヴィトン、シャネル……クロエにボッテガ、マーク、ジェイコ、ブ、ス、う、う、う、うおおおおおお────っっ！」

「……おう!?」

どくしん　が　ぶつよく　の　ひ　をふいた！

りゅうじ　は　びくっ！　と　おののいた！

コマンド　▼にげる

にげられない！

「先生、自分で自分にご褒美《ほうび》を買うぅぅーっ！　クリスマスだもの、いいわよね!?　時計《とけい》かバッグかアクセサリーか、予算はドーンと三十万だ！　三十路《みそじ》になって最初のクリスマスだもの、三十年分の頑張《がんば》りにご褒美《ほうび》だ！　だから買ってもいいんだーい！」

「……」

「な、なんなのその目⁉　言いたいことがあるなら言えばいいじゃない⁉」

「……」

「ど、どうせ、無駄遣《むだづか》いとか、思ってるんでしょ⁉　『自分にご褒美☆』なんてマーケティングに踊らされてこの独身！　独身！　独身！　とか思ってるんでしょ⁉」

「……」

「いや……やめて……そんな目で見ないで……みないでぇ――っ！　自分でもわかってるわ無駄遣いだってわかってる！　でもっ、でもっ、でもお！　そうやってテンション上げていかないと生きてく気力もわかないのよお！　働く意味もわかんないぃぃ！　うぎゃー！」

「……」

「うっ、うっ、浪費ですよね……もしかしたら一生独身かもしれないのに、老後は七千万円ぐらい必要っていうのに、クリスマスだからって三十万もみえっぱりなブランド物に費やすなんて、こんなことじゃ無事に死ぬこともできませんよね……でもさ、でもさ、一生懸命《いっしょうけんめい》お金貯《た》めてさ、欲しいものも全部我慢《がまん》してさ、やったー一億円貯めたヨー！　ってところでハッと気がついたらジャパンはハイパーインフレでさ、預金なんて紙切れ的な世の中になってたらどう

する？　っていうか……あれ？　見えたかも……もしかして……マンション、買うべき!?」

「……」

「そ、そうか……ローン組んでマンション買えば、インフレ対策もばっちりみたいな!?」

「……」

「そうだそうだ、そうだわっ！　ブランドなんか買ってる場合じゃないっ！　頭金がっちり貯《た》めて、先生、マンションを買うわっ！　シングル用の、駅近の、オシャレな新築マンション！　将来結婚したら、賃貸《ちんたい》に出せばいいものね!?　キャー♪」

「……」

「……ま、一生そこで暮らし果てて、孤独死遺体《いたい》で見つかるのかもしれないけどね……」

「……」

独身（水星逆行中……涙）の背後に寒々しい粉雪《こなゆき》の幻《まぼろし》が痛々しいほど降り注ぐのを見て、竜《りゅう》児《じ》はかける言葉も見つからない。氷河期世代の心に巣食う虚無《きよむ》という名の永久凍土《とうど》から、絶対零度の地吹雪《じふぶき》が吹きつけてくる。

「これでラスト！　竜児、全部拾《ひろ》えた！　急いで体育館《たいいくかん》行こう、北村《きたむら》くんたち待ってる！」

「あ、あぁ！　おう！」

ダンボールを再び抱え、大河《たいが》が吼《ほ》える。早く早くと足踏みする。竜児はやっと逃げ出す機会《きかい》を得て一礼、自分のダンボールを抱えて大河の後に続いて廊下を走り出した。あっ！　走らなーい！　と生き難《がた》い生をそれでも生き抜く独身様の声が響《ひび》くが、みんなして呪《のろ》いから逃げ切るみたいに階段を駆《か》け下りる。

一人《ひとり》一つの紙吹雪入りダンボールを抱え、向かう先は体育館の倉庫だった。そこでは北村率いる生徒会チームが、製作された小道具の整理《せいり》をしているはずだ。紙吹雪はそもそも製作予定になかったモノで、これに取り掛かっていた丸一日分の作業を、これから大河班は取り返さなければならない。急げ急げ、と呟《つぶや》いて自分で自分のケツを叩《たた》き、

「よっ！　大河じゃーん！」

——響いたその声に気づいた。今度は竜児が危《あや》うく紙吹雪をブチまけかける。

「おー、みのりーん！　偶然《ぐうぜん》！　部活？」

大河は足を止め笑顔《えがお》で答える。そっと竜児に目配せしたのは、やったねラッキー、とても言いたいのだろうか。

「そーさ、今まで体育館で筋トレしてたんだよ。北村くんたちいたぜ、忙しそうにしてた」

実乃梨《みのり》も笑って足を止めてくれる。すれ違いかけたのは、少し汗ばんで頬《ほお》を高潮《こうちょう》させ、髪をクシャクシャの適当なお団子《だんご》に結《ゆ》ったジャージ姿の実乃梨だった。しかし数人の二年生女子たちも一緒《いっしょ》で、「櫛枝《くしえだ》、早く行かないとコーチうるさいよ！」と実乃梨のジャージの袖《そで》を引っ張る。立ち止まってしまった大河の背中にも、一年生の女子が「逢坂先輩《あいさかせんぱい》、急がないと！」とあせった声をかける。

ありゃりゃほいじゃな！　またね！　と名残惜《なごりお》しそうに、しかしほとんど同時に二人《ふたり》は再び歩き出し、そして。それは。

「……や。すれ違いだね、最近は」

「……おう」

一瞬《いっしゅん》の、ストロボみたいな光——。

それは真正面から、避けようもなくまっすぐにぶつかった視線《しせん》。

櫛枝《くしえだ》実乃梨《みのり》の二つの眼球は、確《たし》かに自分の方を見ていたと思った。小さくとっさに返事をして、うまく顔を作れずに口元を歪《ゆが》める。それを見て、確かに見て、そして、「ふっへ」とおどけたみたいに妙な声を実乃梨は発した。そうして身を翻《ひるがえ》す彼女の背中に、竜児《りゅうじ》は必死に緊張《きんちょう》に硬くなった喉《のど》から声を絞《しぼ》り出していた。

「イ——イブ！　パーティ！　きっと楽しくなるから！　だから、櫛枝も来いよな！」

聞こえた、だろうか。

聞こえたはずだ。

実乃梨はちょっと振り返り、困ったみたいになにか言おうとし、しかしすぐに「早く！」と連れの女子に腕を取られ、引っ張られて行ってしまった。実乃梨が言おうとして言えなかった言葉は、表情からして、竜児が待っていた返事ではなかっただろう。でも、聞こえていたはずだ。竜児が必死に声にした言葉は、ちゃんと実乃梨に届いたはずだ。

すれ違いだね、最近は——本当に、すれ違ってばかりだった。最近、いや、この数日。朝も別、昼も別、放課後《ほうかご》も別。勉強会に実乃梨が参加することもなく、ファミレスのシフトに実乃梨が入っていることもなくて、すれ違いの日々だけが二人の間には積《つ》み重なっていた。

だけど、それでも。

竜児はそれでも、信じていた。

実乃梨がパーティに現れてさえくれれば、すべてはいいようになるはずだ、と。

実乃梨は今、落ち込んでいると言っていた。浮かれていては部員に示しがつかない、とも言っていた。そこをなんとか、「顔を出してもいいかな」、ぐらいの気分になってほしいのだ。自分にできるのは、こうして出会えた一瞬に不器用なお誘《さそ》いをかけることと、実乃梨が現れてくれたときのために準備を整《ととの》えることぐらいだけれど。……もちろん、本当はもっと色々《いろいろ》したい。打てる手があるならなんだってしたい。したいけれど、その方法がわからなくて、実乃梨の背中を眺めてばかり。己《おのれ》のダメさ加減を日々痛感するばかり。

でも、望みだけはもっている。心の底から信じている。

実乃梨がイブにやってきて、パーティが成功して、みんなで盛り上がって、みんなで笑うことができれば、そうすれば実乃梨も元気を出していつものノリを取り戻して、自分に笑顔《えがお》を向けてくれるはず。そして竜児は、その笑顔を見て、幸せになれるはず。そう——つまりは結局、実乃梨に元気になって欲しいのだ。竜児にとっては実乃梨が笑顔でいること、自分に笑顔を向けてくれること。それが、なにより大事で特別なのだ。

実乃梨《みのり》にハッピーでいてほしいのだ。

そうか、と我《われ》ながら、今になって気がつく。竜児《りゅうじ》の中で、いつしか手段と目的は順序を入れ違えていた。

「イブにパーティをやるから、元気のない実乃梨をなんとかして呼びたい」のではなくて、「実乃梨に元気を出してほしいから、イブのパーティに呼んで楽しませたい」のだ。今ではそれが、竜児の真実の想《おも》いだった。

報《むく》われなくちゃね、と、味方の大人《おとな》が囁《ささや》いてくれた言葉が、まるでお守りのように胸の底に響《ひび》く。本当にそうだ。本当に報われたい。そのためにならどんなに睡眠《すいみん》不足だって頑張《がんば》れる。どんなに不安だって頑張れる。何日か分のすれ違いだって乗り越えられる。

竜児は、実乃梨の笑顔《えがお》がこの日々の先に待っていると思えば、なんだって乗り越えられるのだ。そう、なんだって——

「りゅーうーじ！　なーにやってんだこのグズスカポンタ……じゃない、ちょっとおとぼけなおっとりタイプののんびり屋さん！　早くこーい！」

「……おう！」

「おっそ～い。なにしてたの？　まったくグズスカポンタンなんだからあ～」

埃《ほこり》と汗のニオイが充満する体育館《たいいくかん》の倉庫には、亜美《あみ》の姿があった。亜美は積《つ》み重ねられたマットの上に足を投げ出して座り、その傍《かたわ》らを北村《きたむら》たち生徒会の連中が忙《せわ》しなく歩き回っている。

ホワイトボードになにか書きこんでいる村瀬《むらせ》の姿を見つけ、「へい」と竜児が尻《しり》を叩《たた》くと、村瀬も笑顔になって「おっ」と顔を向けてくれた。A組の村瀬とは生徒会選挙前《せんきょまえ》のゴタゴタで知り合って、以来、意外と気が合い、今ではすっかり友人付き合いをしているのだった。村瀬がふざけてダンボールを抱えた竜児の脇《わき》をペンの尻でグリグリやり、やーめーろーよー、と竜児はクネクネ身を捩《よじ》る。

そんなむさ苦しくも見苦しい男二人《ふたり》の背後では、

「ちょっと事故があったの！　えっらそうに……ていうか、なんでばかちーがここにいんのさ。あんた仕事は？　サボりかよ」

「あったし生徒会の一年の子と一緒《いっしょ》にオーナメントの小物作る係だも～ん。ここで分担して、こういうのチマチマ作ってんの。ほら、これ見てよ！　あたし結構すごくない？」

重ねたマットの上に座り込んだ亜美が、シャラン、と持ち上げてみせたのは、小さなベルをテグスで長くつないだ飾りだった。豆電球のケーブルに絡《から》めて、一緒にツリーに巻きつけるのだ。どうどう？　と亜美は得意げにそれを揺《ゆ》らし、その途端《とたん》、

「うわ!?　ちょちょちょ、いやー！　なんでぇ!?」

大切に巻いてあった完成済みの部分から、結ばれていたはずのベルが音を立てていくつもマットに落ちていく。亜美《あみ》は慌《あわ》てて転がっていくベルを集めようとして、さらにいくつかをチリンチリンと落とす。大河《たいが》も一緒《いっしょ》に拾《ひろ》ってやりつつ、

「きゃーっきゃっきゃ！　さっすがばかちー、ドージドージ！　やーい作り直しー！」

「あんた……そういうこと言っていいんだっけ？」

「……遺憾《いかん》な事故だわー」

オー、悲惨《ひさん》ー、と唐突《とうとつ》に芝居《しばい》がかって膝《ひざ》をつき、拾ったベルを亜美に捧《ささ》げる対サンタ仕様大《たい》河《が》を押しのけ、竜児《りゅうじ》はどれ、と亜美の手元を見てやる。本を見ながらこの飾りを作ることを決めた場には竜児も同席していた。そのときは簡単《かんたん》に作れそうに見えたのだが。

亜美はブー、と頬《ほお》を膨《ふく》らませてあぐらをかき、牢名主《ろうなぬし》のようなポーズで拗《す》ね、

「ちぇっ、なんでこうなるかなあ～？　あ～あ、一時間かけてここまでやったのにぃ……こんな地味な作業、やっぱ亜美ちゃんには向いてないんだわ！　そう、亜美ちゃんにはもっと華《はな》やかで、亜美ちゃんの美しさ可憐《かれん》さ綺麗《きれい》さかわいさ清らかさがキラリキラリと際立《きわだ》つような、ド派手《はで》で目立つ役があっているの……」

世迷言《よまいごと》を呟《つぶや》きながらそのままバタン、と後ろに倒れていく。スカートの中に履《は》いた色気ゼロのハーフパンツのおかげでパンチラはセーフ、しかしポキポキ、とその背が情《なさ》けない音を立て

る。そんな亜美の隣《となり》に竜児は座り込み、白く尖《とが》った膝をベシベシとどつく。

「泣き言いう暇《ひま》あったら直せって。ほら、起きろ、見ろ、ここ。おまえの結び方が間違ってんだよ。この輪《わ》っかにも通さねえと、他《ほか》のも全部落ちるぞ」

竜児はベルの頭にテグスを器用に通し直し、結び目をきっちり作って正しく留《と》めて見せてやった。は？　と腹筋で起き上がり、亜美は首を傾《かし》げる。

「今どうやったの？　どこ間違ってた？　早過ぎて見えなかった、もう一個やって」

「だから、ほら……ここを……こう」

手先の器用な竜児は長い指を分かりやすいように大きく、ゆっくりと動かして亜美に見せてやる。亜美は髪が香《かお》るほど顔を近づけ、真剣にその手元を覗《のぞ》き込み、

「……うっそ、超めんどい……ってか、全部直さないとダメなわけ？　まさか、ここまでぜーんぶ、解《ほど》いてやり直し？」

「じゃねえと、またさっきみたいにジャランジャラン落ちてくるぞ」

「きゃー！　うっそ⁉　まじで⁉　最っ悪！　これが一番ラクっぽかったのに〜！　ちょっと祐作《ゆうさく》ー！　あたし一人《ひとり》じゃやっぱこれできなーい！」

幼馴染《おさななじみ》の悲鳴を聞きつけ、「えー？」と眼鏡《めがね》をズリ上げながら、ワイシャツ姿の北村《きたむら》がL字型に深く続く倉庫の奥から顔を出す。頭に埃《ほこり》をもっさりつけて、学ランも脱いでシャツの袖《そで》を捲《まく》り上げ、なぜかその手には錆《さ》び付いたハードルが。体育館《たいいくかん》の使用許可と引き換えに、教師た

ちに倉庫の整理《せいり》まで押し付けられてこのザマなのだ。さすがの失恋大明神《だいみょうじん》も生徒会長としては生まれたてホヤホヤの新米、教師たちとの駆《か》け引きは前代会長のようにはいかない。

「なに、そんなに面倒《めんどう》なのか？」

「超、超、超〜〜〜面倒すぎる！　絶対あたし一人《ひとり》じゃ終わんない！」

「ええっと……じゃあ、悪いけど高須《たかす》、亜美《あみ》を手伝《てつだ》ってやってくれるか？　逢坂《あいさか》たちにはこっちで先に次の作業してもらってるから」

そう言う北村《きたむら》の傍《かたわ》らで、大河《たいが》はすでに手にはさみと糊《のり》をしっかと掴《つか》み、一年坊主たちに作業を割り振っていた。その目が竜児《りゅうじ》を見て、気がついたみたいにちょっと瞬《しばたた》く。

「え、竜児は？　これ一緒《いっしょ》にやらないの？　今から星を作るのよ、たーくさん」

その背後から、頭一つ分は優《ゆう》に背の大きい北村が身を屈《かが》めるようにして大河に笑顔《えがお》で語りかける。高須《たかす》には亜美を手伝ってもらおうかと思って、と。大河はここ数日の作業の忙しさに取り紛《まぎ》れ、赤面する余裕もなくしたのかそれとも多少は免疫《めんえき》がついたのか、意外と冷静な、しかし明るい瞳《ひとみ》をして頷《うなず》いた。そっか、わかった、と。

ドジな大河の手から北村がさりげなくはさみを取り上げ、かわりに大量すぎる星型の型紙をふざけて持たせる。大河はそれを落としそうになり、危《あや》ういところでこらえて笑う。笑顔を一度寄せあうみたいにして、大河と北村は倉庫の奥へと入っていく。

「あ……」

──報《むく》われなくちゃね。

なにか思うより早く、竜児の耳に、さっきの思考の残響《ざんきょう》が蘇《よみがえ》る。なにか言おうとしたことを瞬間的《しゅんかんてき》に忘れる。思いかけたことも忘れる。

報われなくちゃ。その通りだ。

大河の頑張《がんば》りだって、報われなくちゃ──

「あーららー、仲いいんだぁ、祐作《ゆうさく》とタイガーちゃん。結構二人《ふたり》、お似合いだよねぇ〜」

「……バカ言ってないで、やるぞ。おまえはとにかくここまで全部ほどけ」

げー、と亜美は顔をしかめ、嫌《いや》そうに舌を出してみせる。能登《のと》と違って、亜美の舌出しフェイスはこんなときでもかわいらしい。しかし構わず竜児はマットに並んで座り、新品のテグスを手際《てぎわ》よく引き出す。さっそくテキパキと小さなベルを結び付けていく。その背中を、亜美はあぐらをかいた膝《ひざ》で行儀《ぎょうぎ》悪《わる》く突付《つつ》く。

「……ねえねえ、サボっちゃおっか。今ならバレないって」

「だめ。……なんだよ『亜美ちゃん』、やる気ねえな。おまえが頑張って、盛り上げてくれるんじゃやねえのかよ」

「頑張ってますよ〜？　盛り上げますよ〜？　まあ見てなって、亜美ちゃんのすごさをすぐに見せつけてあ・げ・る。……で〜もね〜、なんだか今日《きょう》はもう疲れちゃったし〜、ここって空気も悪いし〜、超寒いし汗臭《あせくさ》いし〜、運動部の奴《やっ》らが出入りしてうるさいし〜、さっきはソフト部の女子たちがバーベル担《かつ》いでキャッキャしてたし～、……そうそう、高須《たかす》くんたちと、ちょ～うど入れ違いに～、みたいな？」

「……やれ、っつーの」

きゃは♡　と亜美《あみ》は笑い、他《ほか》の奴《やつ》らが忙しそうに立ち働くのをちょっと眺め、大きな瞳《ひとみ》をクルンと竜児《りゅうじ》へ。

「おしかったよねえ。もうちょっと早く来てれば誰《だれ》かさんと会えたのにねえ……あいた」

ベルを手の平に乗せ、ピンと弾《はじ》いて亜美の鼻先にぶつけてやった。へっ、と竜児は目を眇《すが》め、なんにも聞こえねー、とばかり、鼻を押さえた亜美に背を向ける。

「……さーいてー。信じらんない。そういうことするかなあ？　やだやだ、男のやつあたり。自分が最近実乃梨《みのり》ちゃんと疎遠《そえん》だからって、あたしにあたってもしょうがないじゃん。あたしのせいじゃないもん」

「あったりまえだろ、誰がおまえのせいなんて言った」

「……機嫌《きげん》わるー。感じわるー」

「おまえがサボってるからだ」

「はーいはいはい、やりますよー。ほらほら、やってるやってる。……まあ、高須くんがご機嫌斜めなのもわからなくはないけどねえ。自分は好きな子とすれ違いまくり、その一方でタイガーちゃんはなんだかウキウキの予感っぽくて、取り残された高須くんは、ぽつーんと悲惨《ひさん》なひとりぼっち、みたいな……いたたたたた！」

デコピン！　デコピン！　デコピン！　の三連打で黙《だま》らせた。黙らせてやって、そしてピンと閃《ひらめ》いた。

「……おまえか⁉　おまえだろ！　クラスの奴らに妙な話を流したのは！」

「は〜あ⁉　なにそれ、意味わかんねえっての！」

睨《にら》みつけてくる美貌《びぼう》に負けず、グッと顔を寄せ、竜児は限界まで声を低くし、

「だから……っ！　その、大河《たいが》が、……北村《きたむら》を、す、好きで……っていう話！　二人《ふたり》をくっつけちゃえ、みたいな雰囲気になってるじゃねえかよ！　さてはおまえが、」

「し－る－か－よ！」

デコピン、どころかデコのド真ん中をボコ！　と普通にグーで殴られ、久しぶりの女子からの暴力《ぼうりょく》に竜児はしばし口を噤《つぐ》む。そういえば、大河の暴力が出なくなってもう一週間が経《た》つのか。いったあ、と殴った拳《こぶし》の方を痛そうに振りつつ、亜美は不満げに鼻を鳴らす。

「ったくも－、なんであたしがそんなことしなきゃいけないんだっつ－の！　ちなみにその話は当然知ってるけど、あたしはタイガ－と祐作《ゆうさく》の応援なんかする気もないね。元からあいつらなんかどうでもいいし、『まるお大好き♡』の麻耶《まや》はテンパってるし。ただまあ、意外とお似合いなのはクラスの奴らに同意するよ。……ふ、ああいう奴らが結構するするっと、付き合うところまでいっちゃうんだよねえ〜。そしたらどうするぅ？　気になっちゃうぅ〜？」

「……いいんじゃねえの、それなら別に。俺《おれ》はただ、外野がやいやいと人の恋路《こいじ》に口を出すのが、なんていうか……微妙に気に入らねえって、感じは、して、……そんだけだよ」

「へえ～……」

口ごもった竜児《りゅうじ》のツラを見て、亜美《あみ》の瞳《ひとみ》に底意地の悪い輝《かがや》きが戻る。

「あは♡　娘を嫁《よめ》に出す父の気分だぁ？」

「……しらねえ。娘持ったこともねえし、父親にいたっては見たこともねえし」

「転ばないよう、傷つかないよう、泣かないよう、ケガしないよう病気にならないよう死なないよう、そっとそっと、自分がずーっと大事にしてきた女が、ころっと他《ほか》の男に掻《か》っ攫《さら》われていくの。自分と同じように大事にしてくれるかどうかもわからない男に。自分が大事に育てたところで、綺麗《きれい》になったところで、守る力があるかどうかもわからない奴《やつ》が巣から連れていっちゃうの。……お父《とう》さんて、報《むく》われないよねえ。どんなに嫌《いや》でも、報われなくても、娘を手放さないわけにはいかないんだから。その理由がわかる？　お父さんは先に老いて、力尽きて死ぬからだよ。自分が死んだ後の世界に娘を一人《ひとり》残すのを本能で恐れて、だから自分よりできるだけ長生きしそうな、丈夫そうなほかの男に、嫌でもなんでも託すしかないの」

「はあ？」

なーんじゃそりゃ、と。

大河《たいが》の実の父親なら、そんな殊勝なモンではなかった。奴は未熟《みじゅく》な娘一人を放り出して平気でいる、とんでもないクソ自己中《じこちゅう》野郎だ。そして自分は、大河の父親なんかではない。十七やそこらで同じ年の娘など持たされてたまるか。ついでに言えば今の世の中、父とも離《はな》れて夫も得ず、一人で生きている女などいくらでもいる。恋ケ窪《こいがくぼ》さんちのゆりちゃんしかり、高須《たかす》さんちの泰子《やすこ》ちゃんしかり。彼女らは無力に取り残された娘たちなんかではなく、世の中を泳ぎきるだけのパワーと知恵を持つまっとうな大人《おとな》だ。諸々《もろもろ》問題はあるように見えても、事実、そうして生きている。それに、そういう問題だけではない。

「おまえが今言ったことって、かなり差別的だぞ。問題発言。おまえだって『娘』のくせに、仲間を貶《おとし》めるんじゃねえよ」

「あたしが思ってることじゃないもーん。パパたちの、──高須くんの心の中を、賢《かしこ》い亜美ちゃんがわかりやすく代弁してあげただけだもーん」

「んなこと思ってねえ。……勝手なこと言いやがって」

亜美の言葉を鼻息一つで聞き流し、竜児はテグスとベルに集中しようとする。ベルの頭の小さな穴に、テグスをそっと通していく。が、通しそびれ、舌打ち。うまくいかない。

「でもおもしろくないんでしょ？　祐作《ゆうさく》とタイガーが一緒《いっしょ》にいるの見ると。それぐらいツラ見てりゃわかるって。だからそんなに機嫌《きげん》が悪いんだよね。……倒錯《とうさく》だよねえ。父親でもないのに、先に老いて先に死ぬわけでもないのに、『絶対手を出さない』って決めてる女を、高須くんは大事に大事にしてるの。で、心にはちゃーんと本妻がいて、三人はまるでおままごとみたいに自分の役割をわかってて、パパ役、ママ役、子供役、って」

「……だーっ！　もう！」

手からベルがポロリと落ち、髪をかきむしった。思わず亜美《あみ》を睨《にら》む。やつあたり……確《たし》かにそうかもしれないが。

睨んだ視線《しせん》のお返しは、

「ね。どうするの？」

「……っ」

嫌味《いやみ》でも、意地悪でもない、静かな眼差《まなざ》し。少し冷たくて、どこまでも透《す》き通る、濃《こ》いブラウンの二つの瞳《ひとみ》。身じろぎもできなくなるまっすぐさで、亜美は竜児《りゅうじ》の心の底まで見通そうとするみたいに強く強く覗《のぞ》き込んでくる。心の底まで、踏み込んでくる。

「……ほんとにさ。タイガーが祐作《ゆうさく》とくっついたら、高須《たかす》くんどうする？　そんなの別にどうでもいい？　自分が実乃梨《みのり》ちゃんとくっつけさえすれば、他《ほか》の誰《だれ》かさんはどうでもいい？」

目を瞬《しばた》かせた。乾いた唇を舐《な》め、亜美の視線の前で息をするのも忘れ、――ようやく思い出す。別に、亜美の問いに答える必要なんか、義務なんかないのだ。しかし顔を背《そむ》けようとして、キスされそうになる女のように顎《あご》を掴《つか》まれた。意外なほどに強い力で捕らえられ、まっすぐのゼロ距離《きょり》に据《す》えられる。怖いぐらいに大きな瞳に見つめられ、もう一度問われる。

「それでいいの？　ねえ、なんでパパ役なんかやってるの？　いつからそうなの？　はじめか

らそうだったの？」

「……だから。パパ役なんかやってる覚えはねえっていうんだよ」

「なに言ってんの？　思いっきりやってんじゃん」

目は逸《そ》らせても、顎《あご》を掴《つか》む手は払いのけられても、亜美《あみ》の声からは逃《のが》れられない。

「高須《たかす》くんとタイガーの関係は、すっごく不自然。すっげえ変。こんな幼稚なおままごと、もうやめた方がいい。きっと最初から間違ってたのよ。大怪我《おおけが》する前に目を覚ましたら。全部チャラにしなよ。それで一から始めたらいいじゃん。あたしのことも、一から入れてよ。出来上がった関係の『途中《とちゅう》』から現れた異分子じゃなくて、スタートのそのときから、あたしも頭数に入れて。そうしたらあたしのこともっと……あたしも、……あたし、は、」

——なんだろね。と、亜美は口を噤《つぐ》んだ。そして小さく、わっかんねえや、と。

一度顔を横に向け、しかし次の瞬《しゅん》間《かん》には、亜美は口元ににっこりと笑《え》みを作っていた。そして、「今言ったこと、全部忘れて」と天使の笑顔《えがお》で囁《ささや》きかける。

忘れることなんかできないが、忘れたふりぐらいならできるかもしれない。しかし竜児《りゅうじ》は継《つ》ぐ言葉を見つけられないまま、止まってしまった手も動かせないまま、亜美の笑顔を見返す。

亜美はやっと、テグスとベルを白い手で掴み取る。一度結んだ糸を解《ほど》き、チリン、とベルを膝《ひざ》に落とす。まっさらな糸を結んでいくより、間違いを解いてやり直す方が、ずっと面倒《めんどう》で難《むずか》しい。そうして彼女が小さく落とした独《ひと》り言《ごと》は、

「……結局みんな、自分のことが、一番わかんないんだよね」

と、それだけ。その横顔は、零《こぼ》れた髪に隠《かく》れてほとんど見えない。忙しく行き交《か》う連中は、みんな自分の作業で手一杯、マットの上の偽天使の言葉になど気づかない。

ドーナツ輪《わ》っかの期間限定天使の姿は、ここからは影《かげ》さえも見えない。

＊＊＊

期末試験《しけん》の最終日。

正午前にはすべての試験が終わり、帰りのホームルームは騒々《そうぞう》しいざわめきに満ちていた。三日間続いた試験に誰《だれ》もがぐったり疲れ果てているはずなのに、若い体は解放感に浮き足立ち、早くも気分は冬休み。心に描くはクリスマス。ついでにその先の正月の、お年玉までを夢見てニヤつく奴《やつ》らさえもいる。

「もー、静かにしなさいって言ってるのに！　いいですかー!?　寄り道厳禁《げんきん》、くれぐれもフラフラ遊び歩かないようにね！　明日《あした》もあさっても通常授業なんだから、冬休み気分で浮かれてちゃだめですよー！　きーいーてーるー!?」

独身担任（30）は声を張るが、素直に黙《だま》る奴などいるわけがなかった。やっとテスト勉強から解放されて、しかも通常授業が残っていると言ったってやるのはどうせテストの返却と解説ぐらい。そして残すは終業式——お待ちかねのクリスマスイブは、クラスの大半が参加する体育館《いくかん》での大パーティ。この状況で落ち着いて、黙《だま》って席に座っていられる十七歳などこの世にいるわけがないのだ。

それでも北村《きたむら》の号令でようよう全員立ち上がり、帰りの挨拶《あいさつ》を終えると同時。

「……いいいいやっほぉぉぉ——うっ！　試験《しけん》終了————っっっ！」

「やった〜やった〜冬休みだ〜！　お休みだ〜！　遊ぶぞ〜！」

「なに食べてくどこ行くなにして帰る〜〜〜〜!?　きゃ〜〜〜〜〜〜〜〜！」

三十路《みそじ》ももはや苦笑するしかないほどの歓声《かんせい》が、２－Ｃの教室を一斉に揺るがす。きっと他《ほか》のクラスでも同様の騒《さわ》ぎが起きていることだろう。教室のあちこちで笑い声と甲高《かんだか》いおしゃべりが響《ひび》き、やがてガキどもは競《きそ》い合うみたいにして廊下に飛び出していく。一刻も早く、この監獄《かんごく》から逃亡しようとでもするかのように。

そして竜児《りゅうじ》も、帰り支度《じたく》を終えた鞄《かばん》を机の上に置いた。凝《こ》りまくった肩と背中を反《そ》らすみたいに伸びをする。テストの出来は、これまでよりも良いかもしれないと思えた。兄貴ノートの簡潔《かんけつ》にまとめられた要点が、おもしろいほど出まくったのだ。

「ひょ〜！　おっつかれ〜！　へいへい昼一緒《いっしょ》に食って帰ろ〜ぜ！　ルア〜メン！」

「今日《きょう》はさすがに準備委員の仕事ないっしょ？」

同じく兄貴ノートの恩恵に与《あずか》ったはずの春田《はるた》と能登《のと》に背中を叩《たた》かれるが、

「おう、今日はちょっと……」

えー！　のユニゾンを、頭を掻《か》いてごにょごにょ誤魔化《ごまか》す。「今日はちょっと……」のその先は、実はいまだ未定なのだが、希望的観測《かんそく》に則《のっと》って一応ここはお断りしておく。友人たちの誘《さそ》いを受け流して竜児が睨《にら》むは右前方。寝不足のせいで血走った二つの邪眼《じゃがん》は呪《のろ》いを——いや違った、願《ねが》いを込めて、女子二人《ふたり》のやりとりを粘着質《ねんちゃくしつ》にじっとりと見守る。

一方は大河《たいが》。長い髪を試験のためにクリップで束《たば》ねて留《と》めたまま、解《ほど》くのも忘れて一生懸命《いっしょうけんめい》喋《しゃべ》っている。もう一方は実乃梨《みのり》。やはり試験のためだろう、前髪をキューピー人形（もしくは大五郎《だいごろう》）みたいにチョコンと結んだまま、大河の言葉を聞いている。

うんうん、と首を振り、腕を組み、やがて実乃梨は神妙な面持《おもも》ちで目を閉ざした。そのまま頷《うなず》いちゃってくれ、イエスと言ってしまってくれ、竜児はひそかに声援を送る。拳《こぶし》の中にグッと手汗を握りこみ、乾いた空気のせいで皮が剝《む》けてしまった唇をべろぉ〜、となめまわし、緊張《きんちょう》のあまり息を荒くする。

はあ、はあ、もう一度べろぉ〜、グッ、はあ、はあ、べろぉぉ〜……「やだ、高須《たかす》くんが興奮《こうふん》してる〜」「どうせ大掃除《おおそうじ》のことでも妄想《もうそう》してるんだよ」「だろうね。かえって怖いよね」「うん、かえって危ないよね」……はあ、はあ、グッ、はあ、べっるぉぉぉ〜……周囲の女子の怯《おび》える視線《しせん》にも気づかないまま、竜児はハアハアしながら実乃梨の返事を待ち続けた。

しかし声援が足りなかったのか、

「悪い！　おれっち、これから練習あるんだよー！」

ごめんよー！　と、実乃梨《みのり》は突如大河《とつじょたいが》にがっぷり四つ、そのまま腕力でテケテンテテンテンと寄り切った。

投げる座布団《ざぶとん》も持たない竜児《りゅうじ》は一人《ひとり》、ちょっと離《はな》れて肩を落とす。追い討《う》ちをかけるみたいに、体勢を立て直した大河はさりげない素振《そぶ》り、竜児を振り返り、縊《くび》り殺された死体みたいなツラを作ってベロを出し、親指で己《おのれ》の首を掻《か》っ切る仕草《しぐさ》をしてみせる——あまりさりげなくなかったかもしれないが、とにかくNGのサインを示す。もう聞こえてるっちゅうに。

エンジェル大河の発案で、今日《きょう》のランチを竜児も含めて三人で食べに行かないかと実乃梨を誘《さそ》っていたのだ。しかしこれで作戦失敗、寄り切られた大河はすごすごと竜児のもとに退却してきて、

「……残念、みのりん部活だって……」

「わかったわかった、聞こえてた」

「ぐあぁ！」

「わかったってての」

通じた自信がなかったのか、もう一度首を掻っ切って見せてくれた。近くで見ればますます一層《いっそう》あまり見目《みめ》いいモンでもなく、申《もう》し訳《わけ》ないが反射的に目を逸《そ》らしたその拍子、

「あ。悪いね、ごめん。せっかく誘ってくれたのに」

「おう。……いや、その、別に、なんか、最近あんまりゆっくり話したりする機会《きかい》とかなかったから、と思って……た、大河と、おまえが」

「いやー、コーチがすっかりダークサイドに堕《お》ちちゃって、練習きっついんだわ」

本当に何日かぶりで、偶然《ぐうぜん》……でもないのだが、ニアミス。実乃梨の声を近くで聞いた。実乃梨はへらっ、と笑ってみせ、前髪のちょんちょこりんをブラブラ揺《ゆ》らす。

「その……前髪。それ、そのままでいいのか？」

「え？　前髪？　なんだっけ？　……おっとぉ!?　ぎゃおー！」

自分でも結んでいることを忘れていたらしい。実乃梨は竜児に指差されて手で触り、大五郎《だいごろう》に気がつき、慌《あわ》ててゴムを引っ張って外《はず》す。「言えよなタタタタタタ終わっトアー！」と大河の眉間《みけん》の秘孔《ひこう》を両手で突きまくり、大河はそのまま声もなく真後ろに倒れていく。そして、

「いやーもーあっぷねー！　このまま部活行くところだよ！　あーあ、恥《は》ずかしすぎる、変なクセついちゃったし……いやだもー！」

妙な方向に跳《は》ねてしまった前髪を押さえつつ、頬《ほお》を真《ま》っ赤《か》に染《そ》めるのだ。むほっ、と竜児は咽《むせ》かける。変な前髪は笑えるが、素《す》で恥ずかしがる実乃梨は肺にクるほどかわいすぎた。

「川嶋《かわしま》なら髪のムースみたいなの、ロッカーに常備してあるんじゃねえか？」

「いい、いい、水でいい。……いいやもう、これかぶる」

実乃梨はブンブン首を振り、スポーツバッグのポケットに差してあったユニフォームのキャ

ップを顔ごと隠《かく》してしまいたいみたいに深々とかぶる。

「おう、よかった。俺《おれ》はまたハゲヅラでも持ち出すのかと……でも屋内で帽子《ぼうし》かぶるとマジでハゲるぞ」

「かまいませんともユーはショック！　俺にハゲが落ちてくる！　カーミノケフサフサマモルタメッ……あー声出ねえや、まあいいべ！　じゃーまた明日《あした》！」

そしてそれきり手を振り返す暇《ひま》もくれず、あっという間に身を翻《ひるがえ》し、実乃梨《みのり》はそそくさと去っていった。風のような速度で、バイバイも言わせてくれずに。

姿が見えなくなってから、もっと話したいことがあったのに、と思う。実乃梨が結局、今回の試験《しけん》の最後まで使わなかった兄貴ノートの有効性だとか——イブの準備は着々と進んでいて、クラスのほとんどの奴《やつ》がパーティに参加する、だからおまえも来いよ、だとか。

次の機会《きかい》は、絶対に逃がさない。竜児《りゅうじ》は苦悶《くもん》の表情を引《ひ》き攣《つ》らせながら、開いていた学ランの前ボタンを止める。ちっ、ドスで裂かれた腹から腸がまろびでちょるか……お笑いじゃけえ……なわけではない。そもそもそんなモン笑えない。単にやる気と気合を入れたのだ。次は絶対に、絶対に、逃がさないと。明日もあさっても通常授業、チャンスならまだあるのだ。

報《むく》われるために、ハッピーなクリスマスを迎えるために、実乃梨をイブのパーティに必ず誘《さそ》い出してみせる。実乃梨の本物の笑顔《えがお》を見るために、誠心誠意、お誘いしてみせる。

「あー、びっくりした……眉間《みけん》から血ぃ噴《ふ》いてない？」

「……噴いてたらおまえ……そんな無事じゃいられねえだろ……」

秘孔《ひこう》を突かれてひっくり返っていた大河《たいが》が、ようよう立ち上がる。眉間を擦《こす》りながら残念そうに息をつき、

「またみのりんに逃げられちゃった」

「……部活だってんだから、仕方ねえだろ。いいさ、まだ機会はある」

「あーあ……あんたって妙に諦《あきら》めいいっていうか、物分りいいっていうか……せっかくみのりんと二人《ふたり》きりにしてやろうと思ってたのに。お店の前まで行ってからおもむろに『あ！　用事思い出した！』とか言って」

「エンジェル大河さまは熱心《ねっしん》だな。そんな涙ぐましいウソまで用意して」

そんなこんなでフリーになってしまった竜児は教室を見回してみる。多忙な北村《きたむら》の姿があるわけはなく、能登《のと》と春田《はるた》ももうルアーメン食いに行ってしまったらしい。せっかくの試験最終日、久しぶりに諸々《もろもろ》の責務から解放されたのに昼を一緒《いっしょ》に食べる相手もいないというのは、あまりに寂《さび》しい状況だった。いや、まだ相手はいたか、目の前に。

「しょうがねえ、なんか食って帰ろうぜ。今後の計画もびしっ！　と考えつつ」

「ダメ。ウソじゃなくて用事はあるの、本当に」

えー!?　と思わずガキのように、竜児は大河のつむじを視線《しせん》のビームで射貫《いぬ》く。

「なんだよ用事って！」

「ちょっと郵便局に行くの。それ済ませてから、適当に外で食べる」

「なんだよそんなもん。郵便局ならさっさと寄って、その後一緒《いっしょ》になんか食ったっていいじゃねえかよ。うちで作ってもいいし」

「一度帰って、荷物持ってかないといけないから。ていうかなにあんた、うっとう……」

「うっとう? おう、その先を言ってみろ。俺《おれ》とサンタが聞いているぞ」

「……うっとうし、い、わけではないけれど、ときに、一定以上の距離《きょり》を、たも、たも、保ちたくもなくなくはなくなくないわ。……?」

「……?」

自分で言っていても意味不明なのだろう、大河《たいが》は顔をしかめて少しずつピサの斜塔の如《ごと》く傾いていく。聞いている竜児《りゅうじ》も傾いていく。二人《ふたり》仲良く向かい合い、鏡合《かがみあ》わせに35度ぐらい傾いたところで、

「いた、高須《たかす》くん! ね、ね、ね、ね! ヒマ!? ヒマだよね! ちょっと相談《そうだん》があるの! あたしたちとランチ、一緒にどう!? 男子一人《ひとり》だけど、別にいいよね!? ねー!?」

思わず一歩引きたくなる必死さで迫ってきたのは、麻耶《まや》だった。その背後には淡《あわ》い苦笑を浮かべた奈々子《ななこ》と、竜児の出方を楽しむみたいに底意地悪く微笑《ほほえ》む亜美《あみ》の姿がある。グイグイ迫ってくる麻耶の右目の中には「まるおの件」、左目の中には「タイガーの件」と書いてあるような気さえしてくる。ついでにおでこには、「テストも終わったしそろそろちゃんと考えなく

ちゃ！」と。２－Ｃ公式美少女トリオの誘《さそ》いとはいえ、正直なところ、少々——いや、かなり面倒《めんどう》なことになりそうな予感。思わず、

「あ、いや……悪い、ちょっと用事があって」

ウソをこいていた。

「えー⁉　そうなの⁉　なんなら待ってるけど⁉」

「いやいや、郵便局に用事が」

「じゃあついてくよ！　その後ランチいこ！」

「大河の家にある荷物を持っていくんだ。……大河も誘っていい、なら」

いいわけないいじゃん⁉　と右目に。空気読めよ！　と、左目に。麻耶は目の色だけで雄弁に語りつつ、しかし口は噤《つぐ》んで、仕方なしに退《ひ》いてくれた。綺麗《きれい》にカラーリングされた長い髪をかき上げながら、

「……わかったよ。でも、今度、絶対相談乗ってよね。……あたしたちは誰《だれ》も知らない運命共同体、同じ穴の狢《むじな》なんだからさ……」

ぼそっと小さく内緒話《ないしょばなし》を竜児の耳元に落としていく。麻耶の誤解も、いずれきっちり解かなくては後々さらに面倒の嵐《あらし》を呼びそうな気がする。今日《きょう》のところは、そんな元気はないが。

じゃな！　と美少女トリオにそそくさと手を振り、ぼけーっとしている大河に鞄《かばん》を持たせ、その小さな背中を押すようにして竜児は廊下に逃げ出した。

玄関へ続く階段を並んで下りつつ、大河《たいが》はチラリとそんな竜児《りゅうじ》のツラを見上げる。

「なにあんた、ウソまでついちゃって。っていうか、なんなのあの北村《きたむら》くんに馴《な》れ馴《な》れしい件でお馴染《なじ》みのギャル女は。あんたになにさせようっての？　……あ、今のなし、やり直し、き、気さくな木原《きはら》さんは一体どういうつもりなのかしら」

「さあな、知らねえ。いいから郵便局行こうぜ。行けば、ウソにはならねえからな」

大河は一瞬《いっしゅん》本気で嫌《いや》そうに目を眇《すが》め、しかし『いいこ』のままでこれ以上、竜児のしつこい申し出を拒否する方法も見つからなかったらしい。「も——……」と牛みたいに低く唸《うな》り、諦《あきら》めて、竜児と二人《ふたり》して帰途《きと》につく。


「……おまえ、これを、一人《ひとり》で、持っていこうと……してたのか？」

「そうだけど？　去年はそうしたわよ。両手でダブルカート」

ゴロゴロ、ギシギシと重く軋《きし》むカートの車輪《しゃりん》は、アスファルトの道路の凹凸《おうとつ》を手の平にくすぐったく伝えてくる。大河と竜児で同じものを一つずつ押し歩いているのだが、どちらが先に荷物の重みに負けて分解するか、競《きそ》っているような気分にさえなってくる。

二人が暮らす街の一角から郵便局までは、普通に歩いても十五分以上かかる。その途中《とちゅう》には勾配《こうばい》のきつい上り坂あり、くねくねくねくねる「ヘビ坂」と呼ばれる狭くて急な下り坂あり、ついでに歩道橋もあり、ちなみに今日《きょう》も北風は喉《のど》が痺《しび》れるほどに冷たく強い。目をまともに開けていられないほどに寒い。

そんな道のりをこんな大荷物で行く羽目《はめ》になるとは思ってもみなかった。手伝《てつだ》ってやれてよかった、と思う善の心と、早まったと思う素直な気持ちが、竜児の胸に交互に去来する。どっちにしても、そろそろ限界なのだが——今にも弱音を吐いてしまいそうな竜児の少し前を、大河は黙々《もくもく》と同じぐらいに重いカートを引いて歩いていく。コートの下に着込んだロングワンピースの裾《すそ》を風に揺《ゆ》らし、ブーツの踵《かかと》を鳴らして。

竜児が着替えてマンションに行った時には、どちらのカートにも、大河はすでにぶきっちょながらもしっかりと荷紐《にひも》で重い荷物を括《くく》りつけていた。積《つ》み重なっている荷物は、ずっしりと重くてかなり大きい、綺麗《きれい》な包装紙の箱《はこ》がいくつか。

「で、一体なんなんだよ、この荷物は」

「……発送するの。ほら、ついた。階段気をつけて、せーの、」

よいしょ！　と揃《そろ》って声を上げ、ようよう辿《たど》り着いた郵便局の入り口、二人は重いカートをそれぞれ抱え上げる。カニ歩きみたいにかっこ悪く、三段続く階段をクリアする。バリアフリーなんて遠い世界のお話で、ドアも自動ドアではなく、後ろ向きになった大河がカートを抱えたまま、お行儀《ぎょうぎ》悪く尻《しり》で押して開けるしかない。竜児がしつこく望んでついてきたのだから文句をつける筋合いでもないが、それにしても本当に大変な道のりだった。

そうしてやっと辿《たど》り着いた小さな郵便局は、

「えっ⁉　なんなの、この行列は！」

「おう……どっと疲れ果てる光景だな……」

老若男女《ろうにゃくなんにょ》が入り乱れ、ひどい混雑を見せていた。年末が近いせいなのか、それともお歳暮《せいぼ》の季節だからか、ちょうど付近の会社の昼休み時間真《ま》っ只中《ただなか》だからなのか、狭い空間は蒸《む》し暑くなるほどの人いきれ——下手《へた》すりゃ風邪《かぜ》でももらいそうなラッシュ状態だ。しかし一つしかない配達窓口には誰《だれ》も並んでおらず、なんだ、と竜児《りゅうじ》は近づいて職員《しょくいん》に制止される。機械《きかい》から番号札《ふだ》を引き抜くように言われ、ピッと紙片を引き抜くと、デジタルの数字が七人待ち、と教えてくれる。ただ配達の手配をするだけで、一体なにをそんなに待つことがあるという。

「あーあ、時間帯がまずかったか。ソファに座って待つしかねえか……って、座るところもあいてねえ」

「しょうがないな。あんた、ちょっとその辺で荷物見てて。送り状が揃《そろ》ってないから、この隙《すき》にそこで書いてくる」

あいよ、と竜児は壁際《かべぎわ》に二台のカートを押しやり、軋《きし》む腰をトントンと叩《たた》きつつ、翻《ひるがえ》る大河《たいが》のロングスカートの裾《すそ》を見送った。この間に荷紐《にひも》を解いておいてやろうか、と固い結び目に指を伸ばし、

「……っ」

思わず、その手を止めていた。

なんだこれは、と、声が漏《も》れていた。

見るつもりなんかなかった。見えてしまったのだ。いかにもなクリスマス柄《がら》の包装紙に包まれてリボンまでかけられた綺麗《きれい》で大きな箱《はこ》には、すでに送り状が貼《は》り付けてあった。

都心の一等地の住所が書かれたその宛名《あてな》は、逢坂陸郎《あいさかりくろう》様――まさか、と思う。似たような箱をもう一つ見つけた。今度は確《たし》かな意図をもって、確かめた。そこには同じ住所が書かれ、宛名は逢坂夕《ゆう》様、と。

「ねえあんた、ちょっと一番下のでかいヤツにこれを……なに？」

「……これは、なんだよ。この宛名はなんなんだよ」

文句を言う筋合いではない。そんな権利なんかない。それはわかっているのだが、それでも、どうしても黙《だま》ってはいられなかった。問いたださずにはいられなかった。動揺《どうよう》のあまり眩暈《めまい》まで起こしそうな竜児の目の前で、しかし大河は表情一つ変えはしない。

「……デパートから発送することもできたけど、中にカードとか、他《ほか》のお店で買ったものも入れたかったから自分で発送することにしたのよ。デパートではね、ゴルフの時に着られるジップアップのニット買ったの。お揃《そろ》いでグレーとピンク、奴《やつ》らの好きそうなブランド物。あとはマリアージュフレールの紅茶《こうちゃ》に、ビール飲むのに良さそうな焼き物のグラスに、あと、」

「そうじゃ、」

声が喉《のど》に絡《から》み、一度咳《せ》き込む。やり直して、

「ねえだろ！　親父《おやじ》と、継母《ままはは》に？　クリスマスのプレゼント？　おまえ、本気かよ!?　正気か!?　ひょっとしてまたやり直したいだとか、そんなこと思ってんのか!?」

「……クリスマスじゃなければ、『勝手に見るな！』ってブン殴りたいところね。でもいいこの私は許してあげる。これは実家に送る単なるクリスマスプレゼントで、私は本気だし正気。これでいい？」

「どうしてこんなことすんだよ！」

「クリスマスだから。それに、私の親だから。あのね内緒《ないしょ》のつもりだったけど、あんたにも、やっちゃんにも、ちゃーんとプレゼント用意してあるんだ。そうそう、こないだの日曜《にちよう》、家で勉強するっていって本当は一人《ひとり》でデパート巡《めぐ》りしててね、それでね、」

「そういう話じゃやねえ！」

竜児《りゅうじ》の声に、大河《たいが》は一瞬《いっしゅん》口を噤《つぐ》む。不意の大声に気圧《けお》されたわけではないらしい。動揺している竜児の目の前で、むしろゆっくりと、落ち着いて、大河は両目を眇《すが》めてみせる。呼吸もおだやかに、理性的な会話のやり方を教え込もうとでもするみたいに、静かな声を発する。

「……あんたが言いたいことは、本当はわかってるわよ。でも今は、その話は、聞きたくないの。だから来ないでほしかったの」

今度は竜児が黙《だま》りこくったのも、気圧されたせいではない。

本当にわかっているのか。わかっているなら、なぜこんなことを——喉元に溢《あふ》れかえる問いかけを、うまく順序だてて言葉にできなかったせいだ。なんでだ大河、どうして、と。

いくらクリスマスだからって、自分を見捨てた父親とその原因になった継母にまでギフトをくれてやるなんて。何度も裏切られて、傷つけられて、当然の帰結ながら普段《ふだん》はまったくの没交渉でいるくせに、蛇蝎《だかつ》の如《ごと》く嫌ってもいるくせに、クリスマスだからってどうして友好的にしなくちゃいけない。こんなふうに「わざとらしく」関係良好を装《よそお》って、プレゼントなど贈《おく》ってみせて、一体なんのパフォーマンスなのか。壮大な嫌味《いやみ》というならまだ理解できた。

でも、クリスマスだから、なんて理由では、到底納得《なっとく》できない。竜児だって大河の父親には裏切られたと思っているのだ。あのときは竜児も傷ついたし、今でも傷ついているし、今でも大嫌いなのだ。それなのに、どうして大河がこんなことを。

信じられない思いで、竜児は大河の顔をただ眺《なが》め続ける。大河はそれを放っておくことにしたらしい。ちょっと息をついただけで、作業を淡々《たんたん》と続けていく。書いてきた何通かの送り状を、子供みたいに小さな真っ白い手でダンボールの上面にペタクタと貼《は》っていく。それもまた、妙なものだった。

大河が書いてきた送り状は、一見しただけでは何語かもわからないぐらいに達者な筆記体《ひっきたい》で書かれているのだ。よくよく眺めれば宛先《あてさき》は Tokyo になってはいるが、送り主の欄《らん》には逢坂《あいさか》大河の名も、この街の住所もなく、代わりにSで始まる英語の名前だけが——

「……サンタ、クロース……」

「ボランティア。みたいなもの。……順番来た。嫌《いや》でなければ荷物、一緒《いっしょ》に運んで」

間違いがないように窓口のおじさん職員《しょくいん》が読み返してくれた荷物たちの宛先《あてさき》は、いくつかの教会と、児童福祉施設になっていた。

＊＊＊

小学校から通っていた実家近くの女子校は、カトリック系だったのだという。

「……高校には上がれなかったけどね。素行《そこう》不良で足切りされちゃった」

良家の子女が通う伝統の名門として世に広く知られているその校名を聞き、竜児《りゅうじ》は思わず七八〇円のパスタ（ドリンクとサラダ、ランチスープつき）を手繰《たぐ》る手を止めた。目の前で同じパスタを口に入れている大河《たいが》は、そんな視線《しせん》にも気づかずに話し続ける。

「その学校はボランティア活動が必須《ひっす》で、シスターたちと一緒に教会や施設を回って、いわゆる……こういう言い方は嫌いだけど、恵まれない子、たちに、遊びを教えたり雑用を手伝《てつだ》ったり強制的にやらされてたの。さっきの荷物は、その活動で行ったことのある教会や施設に送るのよ。全部、親とは暮らせない子供たちが暮らしてるところ。おもちゃや、おかしや、本や漫《まん》画《が》やスポーツ用品、辞書、辞典、図鑑《ずかん》、キャラクターの文房具……さすがの『いいこ』でも、世界中にクリスマスプレゼントは配って回れないし、変な詐欺《さぎ》に引っかかるのは嫌だもの。だから縁《えん》のある確《たし》かなところに、ああやって、自分ができる範囲《はんい》のことをしているの」

「……実家の次は、恵まれない子、か。……ふーん……」

大河の視線《しせん》が、こちらを見つめ返したのがわかる。それでも黙《だま》る気はなかった。責めたいのでも、やめさせたいのでもないのだが、

「悪いけど、俺《おれ》にはわかんねえよ。おまえの意図が」

たった一つ。

あまりにも度を超えて「逢坂大河《あいさかたいが》」らしくない振《ふ》る舞《ま》いが、気持ち悪くて——言葉そのままの意味ではなくて、自分の中で据《す》わりが悪くて、どうしても理解できないのだった。わざとらしくて、ウソ臭《くさ》くて、真意を尋《たず》ねずにはいられない。

大河の本性《ほんしょう》はわがままで傲慢《ごうまん》で唯我独尊《ゆいがどくそん》、ふんぞり返っているのがお似合いな、最凶《さいきょう》で最強の手乗りタイガーだ。それでいてウソのつけない、ごまかしも知らない、不器用なほどに真っ正直な奴《やつ》、それが逢坂大河のはずだ。「クリスマスまではいいこにしている」と大河が語った時には、その理由を不思議《ふしぎ》に思いながらも、それはそれでいいことだと思えた。そして事実、あれ以来、大河は誰《だれ》とも、亜美《あみ》とさえもケンカせず、暴《あば》れもせず、試験《しけん》勉強をしながらもパーティの準備に真面目《まじめ》に取り組み、周囲からの信頼も得て、すべてはいい方にいっていた。竜児自身だって大河の理不尽《りふじん》なわがままや罵声《ばせい》に晒《さら》されることもなく、心穏《おだ》やかな日々を送れてい

た。そして北村《きたむら》とだって——意味不明な胸騒《むなさわ》ぎがするほどに、大河《たいが》は親しく接することができていた。

だけどこれは、こんなことは、いくらなんでもやりすぎだと思うのだ。いつもの大河との落差があまりにも大きすぎて、正直かなりウソ臭《くさ》くも思えて、理解の範疇《はんちゅう》を超えている。

ちょっと味が薄《うす》いセットのスープを飲み、大河はひとつ、息をついた。いつもならグダグダうるさい竜児《りゅうじ》に「うるせえ犬野郎めが!」とでも罵声《ばせい》を浴びせ、往復ビンタでも食らわせてやればそれで済んでいたのだろうが、大河は「らしくなさ」をここでも貫《つらぬ》くつもりらしい。実家のことは別として、そう前置きしてからゆっくりと、

「……誰《だれ》かが見ているから、って、伝えたいのよ」

タートルネックのセーターに零《こぼ》れる長い髪をかきあげた。テーブルペーパーで唇についたパセリを拭《ぬぐ》い、語り始める。

「クリスマスはその格好《かっこう》の機会《きかい》なの。育ててくれる親がいなくたって、神様なんか信じられなくたって、サンタのことも信じられなくたって、それでも誰かが見ているから、って、私は伝えたいの。クリスマスが来れば、サンタクロースを名乗って自分たちにおもちゃやおかしを山ほど送ってくる誰かが、この世には確《たし》かに存在しているんだってことを伝えたいの。どこかで気にかけている誰かが本当に存在しているんだって……それを伝えたい、信じてほしい、信じたい……っていう……私の自己満足、なの。そう。端的《たんてき》に言えば自己満足。それだけ」

おもむろな笑《え》みは、自嘲《じちょう》だろうか。肩を竦《すく》めて笑ってみせ、大河はパスタの中のベーコンをつつきまわす。

「偽善《ぎぜん》。独善。そのとおり。あんたに言われなくたってちゃんとわかってる。私がやっていることは子供たちのためなんかじゃなくて、そうしたい私の欲を満たすための行為よ。私は私のために、こうやって、いいこの『パフォーマンス』をするの。……それはね、私が、信じたいから。『誰かがどこかで必ず私を見てくれている』ってことを。私の場合は、サンタがね」

「……サンタサンタって、それ……本気だったのかよ」

「ばかみたい？」

ベーコンを口に入れ、竜児を見返したその眼差《まなざ》しに、竜児は返事をできなくなった。淡《あわ》く笑っているくせに、強く光って意地を張って——

「……クリスマスは、本当に大好き。街も、お店も、どこもかしこもキラキラして、眩《まぶ》しくて綺麗《きれい》で……みんな、とっても楽しそう。『幸せ』があっちこっちに、そこここに、満ち溢《あふ》れてるみたいに私には見える。私もその一部になれたら、って思う。私もそんな幸せな光景の一部に——いいことをして、いいこでいて、クリスマスの街に光る幸福そうな笑顔《えがお》の一つに、私だってなりたいの。それにね、」

伏せた睫毛《まつげ》の奥に揺《ゆ》れる色を、大河のその表情を見て、誰がなにを言えただろう。どう返事をできただろう。何も言えないまま、ただ聞いて、竜児はそう思うのだ。独《ひと》り言《ごと》みたいに低く囁《ささや》く大河《たいが》の声は、わずかにかすれて店内の喧騒《けんそう》に紛《まぎ》れ込みそうになる。

「それに、私ね、本当に、サンタさんと会ったことあるんだ。……っていっても、ただの夢なのかもしれないんだけど……でも、記憶《きおく》があるの。うんと小さい頃《ころ》よ。パパもママもまだ家にいて、イブの夜で、私はリビングのツリーの下で寝ていてね。サンタさんを待っていたんだと思う。……ふと寒さに目が覚めて、窓の外に雪が降ってきたのを見た。起き上がって、窓辺に近寄ったら、……いたの。サンタさんが、窓の外に。わ、って驚《おどろ》いて、窓を開けてあげた。サンタさんは窓から入ってきて、ツリーの下に置いておいたミルクを飲んで、ビスケットを食べて、そしてプレゼントをくれた。それでね、こう言ったの。——大河がいいこにしていたら、また会いに来るよ、って」

思い出を宙に描いて視線《しせん》を淡《あわ》く揺らし、しかし大河は我《われ》に返るみたいに一度口を噤《つぐ》んだ。そうして何も言わない竜児《りゅうじ》に言《い》い訳《わけ》するみたいに、テーブルの隅《すみ》に視線を落とす。

「……まあ、子供らしい夢、よ。プレゼントをあけようとして、ドキドキしながらリボンを解《ほど》いたところまでは記憶にあるな。その先はもう……。でもね、すっごく幸せな夢だった。それだけが真実。私にはそれが、それだけが、本当に大切な、たった一つのクリスマスの思い出なのよ。だから、いいこしていたいと思うの。夢なんかを信じて……ばかみたい？　誰《だれ》かが見てることを信じて振《ふ》る舞《ま》うなんて、ばかみたい？　弱いと思う？」

そのとき竜児が考えたことは、ただ一つだけだった。

どう答えたら大河が傷つかないか。それだけだった。

そして、ゆっくりと、竜児は首を横に振った。「そんなこと思わねえって」と、不器用に呟《つぶや》いた。大河はそれを聞き、笑《え》みを深めてパスタに再び取り掛かる。その大口を見ながら、竜児の胸には冷たい沈黙《ちんもく》が降り積《つ》もる。どうしたって、考えてしまう。「誰かが見ている」と信じたがる奴《やつ》は、つまり、「誰にも見られないで」生きてきた奴なのだ。大河は誰にも顧《かえり》みられることなく、生きてきたのだ。たった一人《ひとり》、夢で出会ったサンタを除いて。サンタ以外の奴らは誰も、育つ大河を見ていてはくれなかった。キラキラと輝《かがや》くクリスマスイブの夜に、大河を一人ぼっちにし続けた。

この深すぎる傷を、深すぎる孤独を、覗《のぞ》き込んで感じたのは恐怖に近い心地《ここち》だった。絶望にも似た、底なしの闇《やみ》だった。

どうしよう、と。

日々を重ねても解決などしようもない今日《きょう》までの大河の孤独を、どうしたらいい。大河は笑ってパスタを食べる。クリスマスが大好きだと笑う。いいこでいると笑う。……笑えるのは、きっと、麻痺《まひ》しているからだ。全身を苛《さいな》む痛みの中で放置され続けて、それが普通だと思いこんでしまっているからだ。

どうにもできないなら、こいつをこのまま放っておけと？　そんなの無理だ。でも。だけど

——でも。でも。

「夢だもん、いいよね。現実じゃないんだもん。現実にいる誰《だれ》かにすがっているわけではないもん。これは夢、ファンタジー、想像のこと。だから……それを信じて、誰かが見ていると信じて、いいこに振《ふ》る舞《ま》ってみたって、それは弱さではないよね」

夢か、現実か。

きっと夢だったのだろう。もしかしたら、あのクソ親父《おやじ》の、たった一度きりの思いつきイベントだったのかもしれないが、それだって大河《たいが》にとっては夢と同等に儚《はかな》いものだろう。それを弱くはないけれど悲しい、なんて正直に言ったら、きっと大河を傷つける。

「……ああだ、こうだと、うるさく言って悪かったな。色々《いろいろ》聞いたら、俺《おれ》も納得《なっとく》した。わかった。おまえはちゃんと、いいこにしているって思う。だからデザートも食ってよし!」

笑ってみせて、デザートのメニューを大河の方に押しやった。大河は「あ、待って待って」とパスタのラスト一口をペロリと平らげ、目を輝《かがや》かせて色とりどりのデザートの選定《せんてい》に入る。

昼下がりのチェーンのパスタ屋で食らった不意打ちみたいな無力感を、悟らせないように竜《りゅう》児《じ》は頬杖《ほおづえ》をついた。

同じ星に暮らしていて、同じ空気を吸っていて、同じ空の下を歩き、家族みたいに傍《かたわ》らに寄り添《そ》い——それでもなお、こうやって、大河の姿を正しく見ることが結局できていない。わかりあうことの難《むずか》しさは十分にわかっているはずなのに、それでも自分の至らなさに、未熟《みじゅく》さに、やっぱり心が砕《くだ》けそうになる。わかっていることと、傷つかないことは、違う次元の話だと知る。

遠くに行く奴《やつ》の姿が見えなくなるのは構わないのだ。同じ道を離《はな》れていく奴の、己《おのれ》の道を進もうと決めた奴の背中には、愛と敬意を込めてさよならを告《つ》げたいとも思うのだ。ロマンチックに「想《おも》い」なんてモノを信じていれば、いくら遠く離れても大丈夫なのだと竜児はもう知っている。

だけど。

数十センチの距離《きょり》で今もきっと苦しみ、もがいているのに、この手ではどうすることもできない奴のことはどうすればいいのだろう。せめて助けてと叫んでくれれば――そのいまだ血を流す大きな傷に、本人が気づいてくれれば、なにかが変わるかもしれないのに。

こんな奴もが、生傷《なまきず》を開いたままで一人《ひとり》で歩いていかなければならないほど、それほどに世界は残酷《ざんこく》にできているのだろうか。だとしたらやっぱり神様も、サンタも、この世に存在していない。救いなど――見ている誰かなど、いない。

4

十二月二十三日、午後四時。

㈲狩野《かのう》商店の軽トラックが校門から入ってきて、グラウンドに轍《わだち》の跡をつけつつ体育館《たいいくかん》の入り口脇《わき》に横付けされた。その途端《とたん》、待ち構えていた野郎どもが走り寄り、口々にドライバーを務めてくれた近隣《きんりん》商店街の「かのう屋」——文化祭の大スポンサーでもあった、前代生徒会長の実家スーパーの店主（つまり狩野すみれの父親だ）に礼を言う。全員それぞれに頭を一度下げてからトラックの荷台によじ登り、その荷物の量、そして梱包材《こんぽうざい》からはみ出した部分のカラーの美しさに「おお～……」と低い感嘆《かんたん》の唸《うな》りを上げる。

「すっげえ……これ組み立てたら、絶対すげえよな……！」

竜児《りゅうじ》も他《ほか》の連中とともに荷紐《にひも》を解《ほど》きながら、目を丸くするしかなかった。バラされたこれらのパーツから想像する限り、完成形はおそらく相当に巨大で、そしてめちゃくちゃゴージャスになるだろう。

「いよーし！　手分けして運ぶぞーっ！」

北村《きたむら》の体育会系丸出しの大声に、おーう！　と竜児も交えた十数人の準備委員が拳《こぶし》を突き上げた。授業をこなした後の放課後《ほうかご》だというのにテンションは全員激高、それもそのはずで、トラックに積《つ》まれて届けられたのはパーティのシンボルでもあるクリスマスツリーなのだ。しかも、それは誰《だれ》の想像をも上回る豪華《ごうか》な代物《しろもの》で、準備委員どものボルテージは上がって当然だった。

ただし、ツリーといっても本物のモミの木ではなく、その形を模《も》した作り物だ。荷台に一杯のパーツは発光するような不思議《ふしぎ》なパール感で輝《かがや》いていて、完成形の美しさ、壮麗《そうれい》さを容易に想像させる。金と銀《ぎん》の頭部ほどもありそうなボール形のオーナメントまでいくつもついていて、誰かが「でかいきんたま！」と金の一つを抱えて叫び、北村のローキックを膝裏《ひざうら》に食らう。そいつの手から他《ほか》の奴《やつ》が玉を奪《うば》うが、うっかり金色《きんいろ》のを二つ揃《そろ》えて抱えることになってしまい、「あ、やべえ……」と。眺めていて「ブー！」と噴《ふ》いてしまった竜児はなんとなく負けた気がして悔《くや》しい。その手に抱えたダンボールにぎっしり詰められているのはライトやケーブルの類《たぐい》だろう。

背後から竜児を追い抜いていく一年生たちが笑いながら言い交《か》わすのが聞こえる。

「なんか、超本格的っていうか!?」

「つうか俺《おれ》たちで組み立てられんのかよこれ」

「心配してたってしょうがないって、とにかくやっちまおう！　がんばろーぜ！」

その言葉に、竜児《りゅうじ》も慌《あわ》てて歩く足を速めた。おう、がんばろうぜ！　と心の中でだけ声を返して。

人海戦術でそれぞれが持てる限りのパーツを抱え、体育館《たいいくかん》の中に次々と運び込んでいく。時間がかかりそうなツリーは今日《きょう》のうちに組み立ててしまって、完成形で舞台裏《ぶたいうら》のスペースにしまいこみ、明日《あした》の終業式が終わったらすぐに引き出してきて会場作り——そんなスケジュールで準備委員会は動いていた。

肝心《かんじん》のツリーが超本格的なのもそのはず、運んでくれた人物こそかのう屋の親父《おやじ》だが、ツリーを入手した真の立役者は、

「わあ〜お♡　きたきた〜！　ちゃんとパーツ、全部揃《そろ》えてね〜！　一個でも足りないと完成しないぞ〜！　ファイトファイト！」

体育館の中で女子たちと一緒《いっしょ》に飾りつけ用の小道具を支度《したく》していた川嶋亜美《かわしまあみ》、その人であった。女子チームもツリーの登場に大盛り上がり、野郎どもの抱えてきたパーツを見て甲高《かんだか》い歓《かん》声《せい》を上げ、手伝《てつだ》うために駆《か》け寄っていく。亜美も竜児を見つけるや立ち上がり、

「どうどう!?　どうよこのツリー！　亜美ちゃんのすごさ、わかってきた!?」

得意げに笑ってみせる。当然、頭《こうべ》を垂《た》れて亜美ちゃんさまに感服　仕《つかまつ》る。

「マジでわかった、最高のツリーだ！　おまえは確《たし》かにすごい！　認める！」

「でしょでしょでしょ〜!?　これ、組み立てたら本当に超、超、超〜綺麗《きれい》なんだから！」

ツリーの出所は、都心にある話題の新スポットで行われた雑誌社主催《しゆさい》のファッション業界人向け、ちょっと早めのクリスマスパーティだった。話題の俳優《はいゆう》やゴシップ女優も招待され、ワイドショーのレポーターまで押しかけるほどの大規模《だいきぼ》なパーティだったらしい。

亜美はそのパーティのメインイベントだったファッションショーでモデルを務め、終了直後に自ら《みずか》「このツリー欲しぃんですけどぉ♡　できたらタダで♡」と主催者にかけあってくれたのだ。会場のド真ん中に飾られていた見事なツリーはその後はMOTTAINAIことに廃棄《はいき》の予定で、快く譲《ゆず》ってもらったらしい。だが、問題はその先の輸送法《ゆそうほう》。

解体作業にまで亜美は付き合い、バラされたパーツをすべて回収し、メインモデルも務めている雑誌社スタッフの好意で車を出してもらって、それらを一旦《いったん》会場近くの所属事務所倉庫に運び入れたまではよかった。好意でそのまま車で運んでもらうには、学校はちょっと遠すぎたのだ。しかしそこから学校まで、宅配便で送るにはあまりにもそれは巨大すぎ、量も多すぎる。亜美が自腹を切ろうしたことはすぐに北村《きたむら》にバレ、「高校生が学校行事のために出す額《がく》の範疇《はんちゆう》を超えている」と許されなかった。しかしまともに費用を請求《せいきゆう》すれば、ただでさえ物悲しいほどの額しかない予算が一気に目減りしてしまう。

そこで立ち上がってくれたのが、かのう屋の親父であった。娘がかつて生徒会長として文字通り君臨《くんりん》した学校のイベントのために、仕事もあるというこの平日に、軽トラックを駆《か》って都心の道を爆走《ばくそう》し、亜美の所属事務所までわざわざ行って折り返し、ツリーのパーツを無料ですべて運んできてくれたのだった。

野郎どもと一緒《いっしょ》になってパーツの一つを抱えてきてくれた親父《おやじ》に、さらに熱《あつ》いお礼の声が飛び交う。

「さっすが兄貴のお父様《とうさま》、最高に漢前《おとこまえ》だぜーっ！　愛してる！」

「おじさーん！　超ありがとうー！」

「うち、これからはかのう屋派になるよー！　母《かあ》ちゃんに言っとくよー！」

「かのう屋さんの鮮魚《せんぎょ》が、この辺では一番綺麗《きれい》だと思います。野菜も産地表示は徹底《てってい》しているし、生産者の顔が見えるようにも心がけてらっしゃるし、フォションのスパイスの品揃《しなぞろ》えも完璧《かんぺき》だし、そうそう先日の京《きょう》野菜紹介イベントは本当に楽しかったです！　万願寺唐辛子《まんがんじとうがらし》を買いました、すごくおいしくて驚《おどろ》きました！　また是非《ぜひ》入荷してくださいね！　あっ、年末恒例のまぐろ解体ショーには必ず行きます！　まぐろ！」

約一名、妙にかのう屋を知りすぎている男が混じってはいたが、狩野家《かのうけ》の親父は嬉《うれ》しげに、しかし少々ぶっきらぼうに笑ってみせただけで騒《さわ》がしいガキどもに背を向ける。そこに、

「あ。……あー……ども……」

「……おお……」

教室から別の荷物を抱えてきた大河《たいが》と鉢合《はちあ》わせ。大河は気まずそうに顎《あご》をしゃくるようにして、親父に小さく頭を下げた。それはそれは気まずいだろう、大河が狩野家の自慢《じまん》の姉娘と血

まみれのケンカを繰《く》り広げて、担任と謝罪《しゃざい》に行ったあの事件からまだ一ヶ月も経《た》ってはいないのだ。

しかし、狩野家の親父はさすがに漢前だった。「元気そうだな」とだけ低く呟《つぶや》き、よしよし、と大河の姿を見やって何度か頷《うなず》き、渋《しぶ》く日焼けした頬《ほお》の皺《しわ》を深めて目を細め、そしてそれきり、今度こそ本当に体育館《たいいくかん》から出ていった。

「……うわ、びっくりした。なんであのバ会長の親父が……」

目を瞬《しばたた》かせて立ちすくむ大河に、竜児《りゅうじ》もつい昨日《きのう》知ったばかりの新情報を教えてやる。

「生徒会に一年の女子いるだろ。あの子、兄貴の妹らしいぞ」

「え!?　……いや、そういえばそんな話もあったわね、すっかり忘れ果ててた」

いや～ん、あは～ん、すっごいツリー！　と一年生同士で盛り上がっているどこかふっくらとした印象のある女子の一人《ひとり》に目をやって、「……似てねえな」「……似てないね」と二人《ふたり》して頷《うなず》きあう。その背を二人分ドシドシ！　と続けて叩《たた》き、仕上げに、

「ほ～らほら、サボんな～い！　せっかく亜美ちゃんが最高のツリーを用意してやったんだから、組み立て組み立て！」

ドーン！　と足がもつれるほどに押してくれたのは亜美《あみ》だった。その乱暴《らんぼう》さに文句をつけるヒマもあればこそ、他《ほか》の連中がさっそく荷解《にほど》きにかかっているのに気づき、竜児と大河も慌《あわ》てて作業に参加する。

完成図のコピーが亜美《あみ》から配られ、何人かで一緒《いっしょ》にそれを眺めつつ、「これって……あ、根元のパーツか」「これはなに？」「てっぺんのとこじゃん？」などと、解体されたパーツの形をひっくり返したりこねくり返したり、気分はほとんど巨大パズル感覚だ。

竜児《りゅうじ》もパーツの一つを摑《つか》んでみて、

「へえ、軽いな。素材は発泡スチロールか？」

「中身はね。それに塗装《とそう》。できあがったら本当に綺麗《きれい》なんだぁ、照明でこう、つや〜っとパール色に光ってさ……あ！　そうだそうだ、スポットライトがいるんだ！　祐作《ゆうさく》ー！」

亜美に見捨てられ、取り付けどころを見失う。誰《だれ》かが持っている完成図のコピーを見せてもらおうとキョロキョロし、

「あ、高須《たかす》くーん！　それ多分《たぶん》これの仲間だー！」

「どれどれ？　おう！　本当だ！」

他《ほか》のクラスの奴《やつ》に声をかけられ、慌《あわ》ててそれを持っていく。それらしき凹凸《おうとつ》を合わせ、力を入れて押し込むと、確《たし》かにうまい具合にすっぽり嵌《はま》った。ぴったりだ、と笑いかけ、サンキュー！　と笑いかけられる。同じ形状のパーツが他にも確《たし》かあったはずだ、それも取ってくる、と再び走り出す。散乱してしまったパーツを一つ一つ眺めて捜しつつ、もうなにがあっても魔《ま》界転生《かいてんせい》はできないな、と妙なことも考える。

生徒会長選挙《せんきょ》のときには、この極道《ごくどう》ヅラで恐れられている自分の評判を利用して、渋《しぶ》る北村《きたむら》

を出馬させるという『北村ホイホイ作戦』を立てた。手乗りタイガーと呼ばれる大河《たいが》とともに魔界転生、完全無欠の悪役として会長選に打って出たのだ。嫌《いや》がられることを目的として。

しかし気がつけば、この準備委員で一緒に作業をしているあらゆるクラスの連中とはすっかり馴《な》れ合ってしまったし、大河だってそうだ。

「逢坂《あいさか》さん体重軽そうだから、ちょっとあたしの背中に乗ってこれ嵌《は》めてくれない？」

「えっ、トイレに行った上履《うわば》きで!?　……まあ、個々人それぞれ趣味《しゅみ》はあるよね……」

「……いや、脱いでよ……」

大河は少し離《はな》れたところで、竜児は名前も知らない女子たちと、ああだこうだ言っては笑いあっている。タイガーさんのタイツ！　素足《すあし》！　燃《も》える！　出るぞフットスタンプ！　と、意味不明に興奮《こうふん》しているマニアどももいるにはいるが、そいつらはさておき。

――ああ、と。よかったな、と。

素直に竜児はそう思えていた。じわり、と唇は淡《あわ》い笑《え》みに緩《ゆる》む。おととい、大河のクリスマスへの想《おも》いを聞いてから、ずっと喉《のど》が詰まるような心地《ここち》でいたのだ。大河の孤独と、自分の無力さと、他にもいろいろ――本当にいろいろなことをあてどなく考え、答えを見つけられず、息も楽にはできなかった。コンビニに行くと家を出て、夜空を見上げて星を探し、考えながら一時間も歩き続けたりもした。

しかし今、ようやく安堵《あんど》の息をついて大河を見やる。大河が、いまだ自分には想像も及ばない、深い孤独の淵《ふち》に立っているのは事実だ。そのことについて、果てしない無力感を今も感じ続けてもいる。

しかし、それでもこうして、今年《ことし》の大河《たいが》は、新しい友人たちと騒々《そうぞう》しくも楽しい時をともに過ごしているではないか。そして明日《あした》という日もきっと、大河はみんなと一緒《いっしょ》に、北村《きたむら》とも一緒に、元気に楽しく過ごすだろう。もちろん自分だっている。実乃梨《みのり》を呼ぶことだって諦《あきら》めちゃいない。

大河は一人《ひとり》ではない——そのことが嬉《うれ》しくて、ありがたくて、竜児《りゅうじ》は忙しいこんなときだというのに、一生懸命《いっしょうけんめい》にツリーを組み立てている大河を眺めて立ち止まってしまう。かのう屋の親父《おやじ》の眼差《まなざ》しの暖かさだって思い出してしまう。それに、そうだ。独身(30)だっているではないか。大人《おとな》たちの全員が、大河を見捨てたわけではないのだ。親と同じに守ってはくれなくても、ちゃんと大河のことを思ってくれる味方はいるのだ。よかったな、と、胸の中で囁《ささや》きかけてしまう。

これまでの十七年間を見ていた「誰《だれ》か」はいなくても、今年のイブは、みんながいる。そして今年のクリスマスは、自分と泰子《やすこ》とインコちゃんがいる。山ほどのご馳走《ちそう》を作って、大河を高須家《たかすけ》に迎えるのだ。

どんなに世界が残酷《ざんこく》でも、今年の大河は笑っている。キラキラと輝《かがや》く幸せな光景の一部に、大河も十分なっている。もう大河はいもしない「誰か」を待って、一人《ひとり》でツリーの下になど佇《たたず》んでいなくていい。夢見たクリスマスのハッピーな前夜を、明日《あした》という日を、今年はみんなと一緒に大騒《おおさわ》ぎの大忙しの大笑いで過ごすのだ。

そして翌日のクリスマスには高須家でご馳走を食べて、怒濤《どとう》の年末に突入して、竜児が火の玉と燃《も》える大事業『大掃除《おおそうじ》』をなして、大晦日《おおみそか》には泰子も一緒に深夜まで下らないバラエティを見倒して、心静かに正月を迎える。一年の計は元旦《がんたん》にあり。除夜《じょや》の鐘《かね》に初日の出、ばっちり押さえるつもりでいる。そう、あとたったの一週間でもう新年なのだ。この慌《あわただ》しい時期に、大河にこれ以上の孤独なんてモンを感じさせるヒマなど、与える気はさらさらなかった。

最初は、自分が実乃梨とイブを過ごすために竜児は頑張《がんば》ろうとしていた。もちろんそれは、今も一番の命題として目の前にあるままだ。実乃梨の笑顔《えがお》がみたいから、竜児はその身を動かし続ける。だけど今、それとほとんど同じぐらいの比重をもって、大河がハッピーにクリスマスを迎えるためのイブの夜を、みんなの笑顔で眩《まぶ》しく彩《いろど》ってやりたいとも思う。

実乃梨も。大河も。そして、自分も。亜美《あみ》も生徒会の連中も準備委員会の奴《やつ》らも能登《のと》も春田《はるた》も、みんなみんな、ここにいるみんな、ここにはいないみんなも。

みんながハッピーでなくては――みんなが報《むく》われなくては、完成しないのだ。環状《かんじょう》のリレーのような形を竜児は思い浮かべる。誰かが誰かの幸せを祈り、誰かの幸せを受け取って誰かが笑い、そしてそれを見てまた誰かが笑う。幸せのバトンをグルグルと回し続けて、初めてそのリレーは成り立つ。誰か一人でも欠けてしまえば、そこから環《わ》は壊《こわ》れてしまう。だから竜児も、こうやって懸命《けんめい》にバトンを回そうとしているのだ。

笑って、この手の中にある幻《まぼろし》のバトンを。

「……大河《たいが》！　これも多分《たぶん》そっちだ！」

「ちょちょちょ……っと竜児《りゅうじ》っ！　なにすんだもーあっぶないなー！」

女子の一人《ひとり》に背負われるようにして高いところのパーツを組んでいた大河に、竜児は同じ形の一つを見つけて放り投げてやる。キャッチしようとしてバランスを崩《くず》しかけ、女子の間から「高須《たかす》くんってば！」「もー、ちゃんとやってよー！」と非難《ひなん》の声が上がる。イッヒッヒ、と地獄《じごく》から這《は》い出たような修羅鬼面——もちろん、ちょっとおどけているだけだ。無闇《むやみ》に怖がられることなどもうないのだ。……「ヒ！」とわけを知らぬ男子の一人が真正面、無闇に息を飲んだことには幸いにも気づかない。

やがて生徒会の連中が遅れればせながら脚立《きゃたつ》を何台か運んできて、作業の効率はグッとアップする。無計画にわかるところから取り付けられていったパーツは、ようやく少しずつそれらしい形を成し始め、

「……うーわ、でっか！」

「マジででかーい！」

やがて、脚立なしには誰《だれ》の手も届かないぐらいの高さに届き始める。三メートル以上はあるのだろうか。限界まで伸ばした脚立の上に半立ち、おっかなびっくり作業を進めるのは失恋大《だい》

明神《みょうじん》にして生徒会長、北村《きたむら》の役目だった。ツリーの完成形を知る幼馴染《おさななじみ》に下から「それちがーう」「えっ……」「それもちがーう」「おっ……」などと指示を飛ばされつつ、少しずつ複雑《ふくざつ》に尖《とが》った先端部を作っていく。

ツヤのあるパールホワイトのツリーは、高さもさることながら、スカート状に突き出した円《えん》錐《すい》の幅も相当に大きい。パズルのようだったパーツたちは、組み合わせてみれば、拳《こぶし》ほどの立方体のキューブをデフォルメされたツリー型に貼《は》り付けたように見える。みんなしてそれを取り囲み、貼り付いて、手作りしたオーナメントや豆電球の蔓《つる》、リボン、そしてベルのついたテグスをグルグルと巻きつけていく。手作りとはいえ、銀《ぎん》とブルーを基《き》調《ちょう》に丁寧《ていねい》に作ったオーナメントは、パールホワイトのツリーによく映《は》えるはずだ。一緒《いっしょ》に運ばれてきた巨大な丸い飾り（銀玉と金玉だ！）を吊《つ》るせば、さらに見栄えはグッと良くなる。女子もいる中でバカな下ネタを言う奴《やつ》ももういない（でも金玉だ！）。

そして最後のパーツをはめ込んだ北村に、下から大河が声をかける。

「北村くーん！　これ、家から持ってきたの！　うちのツリーの！　てっぺんにつけて！」

「あっ、こらこら！　投げるな投げるな！　取りに下りるから！」

するすると脚立から下りてきて、北村は大河が手にしていたダンボールの中を覗《のぞ》き込んだ。そして、

「……いいのか!?　こんな綺麗《きれい》な……なんていうか、高価そうな……」

と。目を丸くして上げた声に、大河《たいが》は嬉《うれ》しそうに頷《うなず》いてみせる。

「いいの。実家から持ってきたんだけど、ちょっと大きすぎて、今のマンションのツリーには飾れないから」

恭《うやうや》しい手つきで北村《きたむら》が取り出したのは、大河の顔よりもよほど大きな、硬質の光を帯びて透《す》き通る、複雑《ふくざつ》な立体をした星の飾りだった。わあ……！　と、女子たちがその美しさに声を上げる。わあ……！　に竜児《りゅうじ》もさりげなく混じり、女子と並んで邪眼《じゃがん》をギラつかせる。

「クリスタルでできてるんだ。私の、一番好きな飾り。使わないとかえってもったいないし、いいの。飾ってくれる？」

「……よし！　大切に飾らせてもらうからな！　おまえの一番好きなこの星を、ツリーのてっぺんに！」

再び脚立《きゃたつ》を上り、そしてしっかりと、北村は大河の星をツリーの頂点に据《す》えつけた。安定したかを確《たし》かめるみたいにそっと両手を離《はな》し、ちょん、と指先で突いてみて、それで納得《なっとく》したのか「……OK！」と眼鏡《めがね》を押し上げて頷く。大河の頬《ほお》が、笑《え》みに緩《ゆる》むのを竜児は見やる。偶然《ぐうぜん》に視線《しせん》が合って、「へへ～」と大河は照れたみたいに顔をくしゃくしゃにしてみせる。嬉《うれ》しげに身体《からだ》もくねらせて。そりゃもうOKなのだろう、照れるもくねるも好きにするがいい。

そして――。

「……延長ケーブル、オッケー！」

「……コンセント、オッケー！」

「よし、館内《かんない》の照明を落とせ！」

北村の声について、入り口に近い照明から一つずつ明かりが消えていく。暗幕《あんまく》もすでに閉ざされていて、指がかじかむほどに冷えた体育館にゆっくりと暗闇《くらやみ》が落ちてくる。

誰《だれ》もが、言葉もなく立ったままツリーを見上げていた。作業の疲れと、うまくいってくれ、そんな祈りにも似た想《おも》いが、全員の口から声を奪《うば》っていた。

「……電源、オン」

いくつかの電源スイッチがパチン、パチン、と音を立てる。やがて、暗がりに光——

竜児の首筋に、電流が走ったみたいな震《ふる》えが。

見上げた大河の瞳《ひとみ》の中に、歓喜《かんき》の輝《かがや》きが。

亜美《あみ》の唇には「……やったね」と小さな声が。

光の中に浮かんだいくつもの顔に、同時に満面の笑《え》みが咲いていた。しばしの沈黙《ちんもく》、そして誰かが拍手をする。響《ひび》きあうみたいに、拍手の音は膨《ふく》らんでいく。「……いやっ、たあっ！」「大、完、成ーっ！」「すっごいすっごい、超綺麗《きれい》じゃん!?」あちこちから歓声が湧《わ》き起こる。歓喜と、興奮《こうふん》と、拍手と、歓声と、そして笑顔《えがお》。竜児も口笛を鳴らし、手を思いっきり打ち鳴らす。傍《かたわ》らにやってきた北村と右手でよっしゃ！　とハイタッチ、そのまま揃《そろ》ってガッツポーズ。乾いた唇が切れるほどに笑う。北村だって、眼鏡がズリ下がるほどに笑う。

暗闇《くらやみ》の中に輝《かがや》くツリーは、本当に、美しかった。

下部から当てられた真っ白なライトに照らされ、艶《つや》やかな真珠色《しんじゅいろ》に煌《きらめ》いて。纏《まと》った電球はイエローに明滅し、吊《つ》るされたオーナメントに反射してキラキラと閃光《せんこう》を放って。そして頂点に煌く大河《たいが》の星は、すべての光と輝きを孕《はら》んで、クリスマスの喜びに沸き立つ世界すべてを照らし出す本物の星みたいに眩《まぶし》く強く瞬《またた》いて、そして。

——そのときだった。

ガチャーン！　と、凄《すさ》まじい破《は》壊音《かいおん》。暗幕《あんまく》が揺《ゆ》らめき、外の明かりが不意に差し込む。

女子の誰《だれ》かが叫ぶ。何人かがそれに驚《おどろ》いて転んだような音と振動。そして後は、ほんとうに一瞬《いっしゅん》のできごと。

白い影《かげ》のようななにかが凄まじい勢いで闇の中から飛来し、ツリーの頂点にぶち当たる。凄まじい音。悲鳴。すべての光が消え、暗転。巨大なツリーは固定されていなかった。だってこれから運搬《うんぱん》する予定だったのだ。不安定な自重も手伝《てつだ》ってあっけなく傾《かし》ぎ、そのまま恐ろしいほどの勢いで真横に倒れる。オーナメントが散乱する。はめ込んだパーツが吹《ふ》っ飛び、そのうちのいくつかは嫌《いや》な音を立てた。

何が起きたのか、わからない。どうなったのか、見たくもない。なにかの破片が竜児《りゅうじ》の頬《ほお》にまで飛んできて、反射的に目を閉じていた。

誰も、なにも、言えはしなかった。

「ラ……ライトッ！　つけてくれ、照明！　急げ急げ、早くっ！」

あせって早口になった北村《きたむら》の声だけが、広い空間に嫌ってほどに響《ひび》き渡る。消えたのとは逆の順で照明がついていく。あんまりにもあんまりなその惨状《さんじょう》があらわになる。全員の顔から、表情がなくなる。

組み立てたばかりのツリーは、完全に倒壊《とうかい》していた。

オーナメントはすべて床《ゆか》に散乱し、引っこ抜けてしまった電源ケーブルが死んだヘビみたいに投げ出されていた。発泡スチロールの破片が散っていた。ツリーの形を成すパーツのいくつかは、大きく割れてしまっていた。

そして、頂点に飾られていた大河の星は、

「あ……やだ……うそ！　……うそでしょ……っ」

大河が駆《か》け寄る。跪《ひざまず》いてとっさに手を伸ばそうとし、「バカ、危ないよ！」と亜美《あみ》に肘《ひじ》を引っ張られる。三メートルの高さから体育館《たいいくかん》の硬い床に叩《たた》きつけられて、クリスタルでできていたその星の飾りは壊《こわ》れ、砕《くだ》け散っていた。尖《とが》った欠片《かけら》は惨《むご》く光って、下手《へた》に触れれば大河の皮膚《ひふ》ぐらい簡単《かんたん》に裂くだろうと思えた。

一体なにが起きたのか。

それを理解させるみたいに、窓にかけられた一枚の暗幕の向こうに暗くなりかけた空が見えていた。ガラス越しではなしに――窓ガラスは割れて、ツリーとは離《はな》れたところに破片を散乱させていた。あれを誰《だれ》も浴びなくてよかった、と竜児《りゅうじ》は思うが、思うのだが、今はなにも口には出せなかった。

そのとき、音を立てて勢いよく体育館《たいいくかん》の扉が開かれた。すぐに続いて何人か分の騒々《そうぞう》しい足音と、「ごめんなさーい！　ケガないっすかー!?」……よく通る女子の声。

振り返った。竜児は見た。声の主は、汚れたユニフォーム姿の実乃梨《みのり》だった。実乃梨の後ろには同じユニフォームの少女が二人《ふたり》ついてきていて、そして、

「……っ」

先頭の実乃梨は凍《こお》りついたみたいに口を噤《つぐ》んだ。

床《ゆか》にぽつん、と取り残されていたのは、ソフトで使うボールだった。そいつが恐らくは――いや事実、窓ガラスをブチ破り、ツリーをなぎ倒し、破壊《はかい》して、大河《たいが》の星を砕《くだ》いた。

ごめんなさい、と、やがて、実乃梨の唇が慄《おのの》くみたいに動く。繰《く》り返し、繰り返し、何度もそう動く。だがかすれたその声は誰《だれ》の耳にもほとんど聞こえず、そして時間も元には戻らない。女子ソフトボール部の部長が間抜けにも打ち上げたすっぽ抜けファアールも、なかったことにはならない。

＊＊＊

「みのりん、もういいんだよ。事故だったんだもん、しょうがないよ」

「いや、……ごめん。……ごめんよう、本当にごめん……」

女子ソフト部の部員全員が体育館に集合したのは、実乃梨が破壊してしまったツリーの修復のためだった。「部長の不始末は全員の不始末！　申《もう》し訳《わけ》ありませんでした！」と勢ぞろいしてのお辞儀《じぎ》つき、体育会系の彼女たちは一糸乱れぬ統率《とうそつ》のとれた動きで隅《すみ》に陣取り、今は小さく固まって正座している。全員が黙《だま》りこくって手を動かし、壊《こわ》れてしまったツリーのパーツを接着剤でくっつけようと立体パズルに挑戦中の者がいれば、絡《から》まった飾りを解《ほど》き、オーナメントを修理している者もいる。そして、体育館の中央でツリーを組み立て直すのは準備委員会と生徒会。完成形を見ていないソフト部にこの作業まで託してしまっては、かえって時間がかかる。だからすべてを直させて欲しい、と頭を下げた実乃梨たちに、これだけは北村《きたむら》が固辞したのだった。

ソフト部の女子たちからも離《はな》れ、ツリー再建組からも離れ、実乃梨は舞台《ぶたい》の下に座り込んでいた。歩み寄って声をかけた大河と竜児の顔を見上げ、そして部員たちの顔も見渡し、

「……出来る限りのことさせて。お願《ねが》い。大河も私のことなんか気にしないで。私が悪いんだから……ああもう……最悪だ私……あー……」

――なにやってんだあ、マジで。と。白くなるほど唇を噛《か》む。

苦々《にがにが》しく一人《ひとり》ごちるその手には、砕けた大河の星の欠片《かけら》と瞬間《しゅんかん》接着剤が握られていた。も

とより複雑《ふくざつ》な形をしていたそれを、実乃梨《みのり》はなんとか修復しようとしているのだ。大河《たいが》はそんな実乃梨《みのり》の傍《かたわ》らにしゃがみこみ、硬く強張《こわば》る彼女の横顔を必死に覗《のぞ》きこむ。

「……みのりんに、責任はないよ。絶対。これって不運なアクシデント」

「ううん、責任はあるよ。やっぱり私がボケてたのが悪いって思う。あんなボール打ち上げて……事故なんかじゃなくて、打ち損《そこ》ねたのよ。失敗したの。集中できなくて、私が、ミスしたの。……この星、本当にごめん。よりによって大河の大事な物を壊《こわ》しちゃうなんて……元通りになんてできないけど、でも、……ごめんな。……みんなにも、ごめん……ごめんなさい」

実乃梨はユニフォームの袖《そで》で、ゴシゴシと乱暴《らんぼう》に自分の顔を擦《こす》って項垂《うなだ》れた。その背が深い息に、ゆっくりと、しかしかすかに震《ふる》えて上下する。

困り果てたみたいに、大河は傍《かたわ》らに立っていた竜児《りゅうじ》の顔を見上げた。しかし竜児だってこんなことになってしまって、どうしていいのかわからないのだ。

下校時間は迫り、状況は正直、最悪だった。誰《だれ》もが不幸な事故だとわかって実乃梨を責めはしないが、それでも状況が最悪なことに変わりはなかった。下校時間には全員学校を出るように教師たちからは厳命《げんめい》されていた。準備が終わらなければ、パーティの開催《かいさい》は危《あや》うい。心はあせり、そして一方で、誰にも責められず、部員たちにまで後始末を手伝《てつだ》わせることになってしまった実乃梨の心中も痛いほどにわかる。

せめて誰かが感情的に怒り、怒鳴《どな》り、泣いて殴ってでもくれれば、実乃梨にはその方がずっと楽なのだろう。自分で自分を責めなければならないのはつらいはずだ。自分が自分を許せるまで、その否定と嫌悪《けんお》と叱責《しっせき》のループは終わらない。罪悪感も消え去らない。

ユニフォームのままで凍《こご》えるほど寒い体育館《たいいくかん》の床《ゆか》に正座し、実乃梨は目の縁《ふち》を真《ま》っ赤《か》にしていた。俯《うつむ》いたままで鼻を鳴らし、寒さのせいだけではなしに指先を震わせていた。

大河はそんな実乃梨に手を伸べかけ、しかし、その手をしばし宙で彷徨《さまよ》わせる。迷ったみたいに幾度か指を握り、開き、不意に立ち上がった。竜児の顔を見上げて言った。

「……じゃあ、竜児が、手伝ってあげてよ。ね？」

そうして竜児の背を押すのだが、

「だめっ！」

放たれた実乃梨の高い声の前に、竜児は棒立《ぼうだ》ちになる。大河も凍りつく。それはほとんど悲鳴みたいに響《ひび》き、

「だめなのやめて、それはやめて！」

そう、続いた。

実乃梨はそうして誰をも寄せつけず、再び果てのないパズルに没頭しようと顔を伏せる。

そこには笑顔《えがお》などあるわけもなく、ハッピーなクリスマス、なんて浮かれた雰囲気もあるわけがなく、重い沈黙《ちんもく》だけが冷え切った空気の中に降り積《つ》むボタ雪みたいに堆積《たいせき》していく。

準備が間に合うかどうかは、本当に微妙な状況だった。わかるのは、ただ一つ。実乃梨がパ

ーティに来ない理由が、また増えてしまったということだけだった。竜児《りゅうじ》は実乃梨《みのり》を見下ろして、少しだけ疲れた目を閉ざす。だめ、いや、と拒絶された痛みに耐えるのは簡単《かんたん》だ。だけど、そう叫ばずにはいられないほどナーバスになった実乃梨の姿を、ただ眺めているのはとても難《むずか》しい。

口を噤《つぐ》み、大河《たいが》は、そんな実乃梨と竜児と交互に見た。指の節をちょっと噛《か》み、そしてもう一度竜児の顔を見た。目が合って、大河は、小さく顎《あご》をしゃくってみせる。まるで「ここは任せたからね」とでも言いたいみたいに。そうして髪を揺《ゆ》らし、身を翻《ひるがえ》し、ツリー再建組の輪《わ》の中へ向かって去っていく。

竜児はその小さな背中を見送った。そして実乃梨の傍《かたわ》らに無策に棒立《ぼうだ》ち、突っ立ったままでいた。

「……高須《たかす》くんも行ってくれよ。ね。今はこれ、一人《ひとり》で頑張《がんば》らせて」

スン、と鼻を一度鳴らし、実乃梨は眉《まゆ》をハの字にした無理矢理《むりやり》な笑顔《えがお》を作ってみせる。だけど竜児は、行かなかった。

無策ではあったけれど、しかしどこにも行かないと、決めていた。

「……いいから、貸せ。こういうの得意なんだよ」

「高須くん……」

「第一おまえは元の形知らねえだろ。いやなら無視してろ」

ほとんど無理矢理に、実乃梨の隣《となり》に座り込んでいた。有無《うむ》を言わせずに欠片《かけら》をざっと見回し、大きな二つの欠片を見つけ、「おう、これだ」とさっそく接着剤で貼《は》り付ける。丁寧《ていねい》に、慎重《しんちょう》に。

「……高須くん、やめてよ。責任とらせてよ。こんなの……こんなふうに手伝《てつだ》ってもらうなんて、私、」

「時間がねえんだよ。おまえはおまえでちゃんとやれ。俺《おれ》は俺で、おまえを手伝うんじゃなくて、俺のために、やってくから」

実乃梨の顔が一瞬《いっしゅん》、泣き出しそうに大きく歪《ゆが》む。しかしこらえ、唇を噛む。なにも言えなくなったみたいに、実乃梨は自分の目の前に散らかる欠片に視線《しせん》を落とす。

そして二人《ふたり》は黙《だま》ったまま、クリスタルの欠片を組み合わせる作業に没頭していく。会話なんかあるわけがなかった。息遣《いきづか》いを感じるほどに好きな女子の隣にいるというのに、ここはあまりにも寒すぎて、胸はときめきさえもしなかった。それでも竜児は実乃梨の傍らに居続けた。嫌《いや》がられても、居座り続けた。

大河の停学中は、ろくに会話も交《か》わせなかった。試験《しけん》勉強中のファミレスで、あんたみのりんに避けられているんじゃない、と大河は言った。竜児と実乃梨の時は、随分《ずいぶん》長くすれ違い続けていた。そして今は不幸な状況が二人の間を断層みたいにはっきり分かち、すぐ隣にいるのに視線も、声も、届きはしなかった。

最近は本当に、距離《きょり》を感じることばかりの日々が、続いていた。

それでも——いや、だからこそ、竜児《りゅうじ》は実乃梨《みのり》の傍《かたわ》らにいようと思ったのだ。遠いから、わからないから、わかってももらえないから。だから、こうして粘《ねば》るしかないのだ。避けられているのなら追うように。すれ違った時があるなら取り戻すように。状況が悪ければ、全力でリカバリするように。こうして無理して、不自然でも居座って、遠い心に手を伸ばす。それこそが竜児にとっては「恋」そのものだった。手を伸ばすのが自分の方だけだとしても、片想《かたおも》いなのだから当然なのだ。たとえ実乃梨が硬い横顔しか見せてくれなくても、青ざめた唇をしていても、今にも泣き出しそうに己《おのれ》を責めていても、竜児はこの無力な手を伸ばしていようと思う。いつか届けと、それだけを祈って。手を伸ばすのをやめたときが、この恋の終わりなのだと思う。

破片を手に取った。形の合う別の破片を見つけた。慎重《しんちょう》に接着剤を塗《ぬ》りつけ、ぴったりとくっつける。しばらく押さえて、よし、と頷《うなず》く。

だけど迷惑《めいわく》かもしれないから、本当には嫌われたくなんかないから、竜児はできる限り静かに息を詰める。今は実乃梨が傍らの自分の存在を、忘れてくれれば一番いい。

しかしそう思ったそばから、

「……高須《たかす》、くん……」

「おう」

実乃梨は、低い声で竜児の名前を呼んだ。顔を俯《うつむ》けたまま、竜児の方は見ないまま。

「……高須くん、高須くん……」

「聞いてるよ」

「高須くん……」

「いるよ」

——繰《く》り返し、実乃梨は竜児を呼んだ。

竜児はそのたびに、ちゃんと答えた。一つも聞き逃《のが》さずに、全部に答えた。もしも実乃梨が呼んだときには、いつだってその声に答える。もしも実乃梨も手を伸ばしてくれるなら、いつだってその手を握り返す。

破片をもう一つ、そっと接着剤でくっつけた。砕《くだ》けた大河《たいが》の星は少しずつ、元の形を取り戻していた。壊《こわ》れる前と同じではないけれど、だけどちゃんと、光っていた。

完成途中《とちゅう》のそれを捧《ささ》げ持ち、体育館《たいいくかん》の照明に透《す》かしてみる。眩《まばゆ》い光に目を凝《こ》らす。幸福なクリスマスの中心で輝《かがや》くために生まれたその星の光を、ハッピーのシンボルそのものの光を、竜児は眺めてちょっと笑う。実乃梨にも見えるように腕を伸ばしてやって、そっと言う。

「ほら。見ろよ、綺麗《きれい》だろ。壊れたってちゃんと直るんだ。だから元気出せよな」

「……元通りには、ならないよ……」

「でもちゃんと光ってる」

「……な、」

やる。

実乃梨《みのり》の声が、水に沈むみたいにゆらゆらと揺《ゆ》れた。気づかないふりで言葉の続きを待って

「……直るかどうか、私には、……わからない……っ」

「直る」

強く答えて、竜児《りゅうじ》は光る星を見た。これは、幸福を照らす光。実乃梨にも見えているはずだった。なのに信じられないのなら、もっとはっきりと、もっとしっかりと、見せてやりたいと思う。その目の前に、差し出してやりたいと思う。

壊《こわ》れても壊れても、何度でも形を取り戻すもの——たとえばそれは、ちょっとした誤解や想像でたやすく壊れ、死に、しかし実乃梨の笑顔《えがお》や言葉で何度も何度もまた直り、生まれる、自分の中の、実乃梨への想《おも》いだ。

壊れたって、直るのだ。

壊れるたびに、作ればいいのだ。

だから壊れたって泣くことはないのだ。

「大丈夫。——直るんだ、何度でも」

目の前に掲《かか》げたこの光が、スイッチだった。スイッチが入って、怯《おび》えるばかりだった心の奥に、星の光がいくつも灯《とも》る。

己《おのれ》の内で瞬《またた》くオリオンが、竜児の身体《からだ》に無限の力をくれる。

実乃梨《みのり》に渡したいバトンを、その力でもって握り締《し》める。実乃梨からバトンを受け取るためにもう片手を伸ばして、走り出す準備はとっくにできている。そして、竜児《りゅうじ》の時が速度を増す。鼓動《こどう》が早まり、目が光る。差し迫るリミットは、想《おも》いが溢《あふ》れる限界を目指してストッパーを失う。

伸ばしたこの手でただ待つのではなく、バトンを渡し、バトンを受け取り、おまえも走れ！と叫びたかった。実乃梨に見せたいと思う。竜児の胸に広がる世界の形を、無限の星を、決して壊《こわ》れないモノの形を、実乃梨に教えたいと心から思う。だからおまえにもこのリレーを、途《と》切《ぎ》れさせることなく走ってほしいんだ、と。

櫛枝《くしえだ》実乃梨に恋をして一年半、以上。竜児はやっと、叫び出したくなったのだ。

ツリーをなんとか元の形に近いところまで直すのに、結局一時間以上がかかった。実乃梨と竜児が修繕《しゅうぜん》した大河《たいが》の星は、組み合わせた破片の継《つ》ぎ目《め》がやっぱりちょっと目立ち、まるでモザイク作りの飾りみたいになった。大河はしかし「これでいいよ、前よりかわいいよ」と笑ってみせ、実乃梨に抱きつくのではなく、抱きしめるみたいにしてその背中を何度も撫《な》でた。実乃梨は大河の髪の中に一瞬《いっしゅん》だけ顔を埋め、そして離《はな》れ、「本当に、すいませんでした！」と、準備委員と生徒会役員に向かって大きな声で頭を下げた。次には居並ぶ部員たちに向き直り、

「こんな部長で、ごめん……！」ともう一度。

そうして、女子ソフト部全員が揃《そろ》ってさらに一礼、体育会系丸出しのランニングで彼女たちは体育館《たいいくかん》を出ていく。

その実乃梨の背を、竜児は迷うことなく走って追いかけていた。

ひんやりと静まり返る渡り廊下で追いついて、その肩を叩《たた》いた。驚《おどろ》いたみたいに振り返る実乃梨に、できるだけ明るく言ったつもりだった。

「明日《あした》、来てくれよ！　パーティ！　絶対、楽しいから！　……おまえと一緒《いっしょ》に、過ごしたいから！」

「……っ」

実乃梨の喉《のど》が、息を詰めたように鳴った。

竜児は、引かなかった。

「もしも予定がねえなら、だけど、……俺《おれ》はおまえに来てほしいから！」

「……」

もう一度、高須《たかす》くん、と、実乃梨が名前を呼んでくれるのを待った。かすれた声で、淡《あわ》い囁《ささや》きで、その唇から声が零《こぼ》れ落ちるのを待った。

しかし。

「……だめだよ。行けない」

実乃梨《みのり》はその名を呼んではくれなかった。立ち止まったまま、きっぱりと首を横に振ってみせる。暗く明滅する蛍光灯《けいこうとう》の下、その頬《ほお》はどこか青ざめてさえ見える。

「こんな迷惑《めいわく》かけちゃったんだもん。行けないよ、私は」

「でも待ってるから！」

「……待たないで。行かないからさ」

「待ってる！」

ストーカー寸前のしつこさで、竜児《りゅうじ》は他《ほか》の女子部員の目も憚《はばか》らずに実乃梨の背中に向かって叫んだ。みっともなかろうが恥《はじ》だろうが、ツラが冥府《めいふ》の赤ら顔魔王《まおう》になっていようが、走り出した恋心は止まらなかった。一度入ったスイッチは、二度と切ることなどできない。

＊＊＊

十二月二十四日、午後四時。

昼前に終業式は終わり、持参の弁当でそれぞれ腹を満たし、パーティの準備を全員総出《そうで》の大車輪《だいしゃりん》で行い、そして今。生徒会と準備委員会の全員が、体育館《たいいくかん》に揃《そろ》っていた。消防設備担当の教師がマニュアル片手にあれこれ細かくチェックを入れるのを、全員で立ったままで眺めているのだ。これでもしも不備があったら——内心ちょっとドキドキしているのは竜児だけではないはずだ。

「……はい、これでオッケー、と……まるじるし。問題ありませんね」

待ちに待ったその声に、「イエーイ！」「準備完了っ！」あちこちで安堵《あんど》の声が上がり、笑顔《えがお》が弾《はじ》けた。

「じゃあ皆さん、くれぐれも問題は起こさないようにね。万が一飲酒、喫煙《きつえん》等々ルール違反をする生徒がいたら、容赦《ようしゃ》なく一発退学よ。わかりましたか？　特に大明神《だいみょうじん》、責任者としてきっちり管理監督《かんとく》してくださいね」

「了解であります！」

びしっ！　と北村《きたむら》が敬礼で答えるは、我《われ》らが独身（30）こと、恋ケ窪《こいがくぼ》ゆり（不動産探し中）であった。上品な光沢《こうたく》のあるグレーのパンツスーツに、ホワイトゴールドの辛口《からくち》アクセサリー、髪もアップできっちりまとめて、いつもよりもマニッシュなスタイルで決めている。許可が下りて気が緩《ゆる》んだのか、一年生の女子たちは独身（30）相手に軽口を叩《たた》き出す。

「ていうかゆりちゃん先生、なんか今日《きょう》オシャレしてるしー！」

「もしかして、デートですかー!?」

キャー！　彼氏とイブデート！　……と盛り上がる彼女たちを尻目《しりめ》に、上級生チームは冷静であった。恋ケ窪ゆりとそこそこ長く付き合っていれば、この三十路《みそじ》がクリスマスイブにまんまとデートをキメるような恋愛強者でないことは骨身に沁《し》みてわかっている。そもそも、最近

最も有望だった相手を、水星逆行によって失ったことも皆の記憶《きおく》に新しい。そして答えは上級生チームが思ったとおり、

「デートではありません。先生は今日《きょう》、これから『シングル女性のための不動産購入《こうにゅう》講座《こうざ》』に行くんです。……先生、マンション買うから……会費は千五百円……」

さもありなん――特に竜児《りゅうじ》は深く納得《なっとく》、ダークブラウン系のメイクで武装した独身（30）の勇姿を目に焼き付けようとしてやっぱり視線《しせん》を逸《そ》らす。ちょっと刺激《しげき》が強すぎた。

「えっ……!? ふ、ふどーさん……？」

「……イブに、ですかあ……？ なんで？」

十五や十六の少女たちには、とても信じがたい事実であったらしい。なにが楽しくて花のひとりものが雁首《がんくび》並べてイブの夜に不動産のことなど考えるのか、しかも会費まで支払って。理解の範疇《はんちゅう》を超えてしまったようだった。

「それはね、イブの夜にね、デートする相手がいるような女はまだまだ覚悟完了してないってことだからです。理想の物件が不意に現れたとて、迎撃《げいげき》の用意なし！ってことなんです。この日程はすなわち、私たちに対する第一の関門……シングルでありながら不動産を手に入れようとする女の、資格を量る最初の試練なの。……わかる？」

「はあ……」

「えっとお……」

「……では、金利も底を打った感があるので、先生はもう行きます。あ、他《ほか》の先生方がずっと教員室に控えていらっしゃるから、開場の前と閉会してから、必ず挨拶《あいさつ》に行くようにね」

なんとはなしに萎《な》えかけた気分を取り直し、「はーい！」と全員揃《そろ》って元気に返事する。独身（30）も教え子たちの元気さに少々心の潤《うるお》いを取り戻したのか、どことなく余裕をなくして吊《つ》り上がっていた眦《まなじり》を緩《ゆる》めた。立ち去り際《ぎわ》、すれ違いざまに竜児にちょっと笑いかけて囁《ささや》きかけてくれる。

「ツリー、綺麗《きれい》にできてよかったね。成績《せいせき》も上がったし、なんだか先生嬉《うれ》しいな〜。あなたたちの頑張《がんば》りはきっと報《むく》われると思います」

竜児もニタア……とシングル担任に微笑《ほほえ》み返す。

「ありがとうございます！　先生もきっと、いい物件に出会えますよ！」

「あ……うん……どうもね……」

——報われて、みせるとも！

竜児はひそかな、しかし強い決意をもって独身（30）も褒《ほ》めてくれたツリーを見上げた。少しガタつきはするが、体育館《たいいくかん》のド真ん中に立てたツリーは巨大で壮麗《そうれい》で美しかった。とってもとってもゴージャスだった。接着したパーツの継《つ》ぎ目《め》は丁寧《ていねい》に表面にやすりをかけたし、一度は倒壊《とうかい》したなんて、見ただけでは誰《だれ》にもわからないはずだ。そしててっぺんには大河《たいが》の星。完《かん》璧《ぺき》だ。

それに完璧《かんぺき》なのはツリーだけではない。高いところから白と青のスポットライトでフロアを照らし、宙で交差するように位置を調整《ちょうせい》した。照明を消してこのライトだけで会場を照らせば、絶対にドラマチックになるはずだ。そして全員検便の甲斐《かい》あって、フルーツパンチの台やサンドイッチの台、フルーツの台、クラッカーやプチデザートの台までもが、華《はな》やかに壁際《かべぎわ》に並んでいる。実際にサーブするのはもちろん準備委員の持ち回り仕事だったが、食品の提供は名のあるケータリング会社。亜美《あみ》のコネで、食べた感想を参加者にサンプリングするという条件と引き換えに、すべて無償《むしょう》で什器《じゅうき》ごと借り受けることができたのだった。

集まった連中の中心で、「さて!」と北村《きたむら》が声を上げる。

「色々《いろいろ》トラブルはあったが——準備は、これですべて整《ととの》った! みんな、お疲れ様でした! 失恋大明神《だいみょうじん》の企画にこんなにも多大なご協力、本当にどうもありがとう! まだ仕事はあるけれど、どうかみんなも、今日《きょう》という日をテンション全開で楽しんでほしい! ……そして亜美、ツリーと食材の手配、ありがとうな」

一斉に湧《わ》き上がる拍手の中、亜美は「やだあ、ぜんぜんたいしたことじゃないよぉ~!」と目を丸くしてわっせわっせとあせってみせた。

「でたでた、ばかちーってばほんとに……竜児《りゅうじ》?」

「……」

「ちょっと。あんた、大丈夫?」

「え？　な、なに？」

傍《かたわ》らの大河《たいが》の声に、竜児は目を瞬《しばたた》かせる。大丈夫かと問われるほどに、大丈夫ではなさそうな様子《ようす》でいただろうか。確《たし》かにこの数時間、ぶっとおしで続いた肉体労働は堪《こた》えているが、

「なんか、すっごい目がうつろっていうか……どこ見てるかわかんないっていうか。怖いよあんた。どうしちゃったの？　まあ、昨日《きのう》のことでみのりんのことが心配なのはわかるけど、あんたがやる気出さなくちゃ、」

「——いや。逆だ。俺《おれ》は今、ものっすごく、燃《も》えているんだ。見ろ、会場は完璧。用意は万端。あとは櫛枝《くしえだ》がここに現れてさえくれれば！　……って、結局そこが一番のネックなんだけどな。今日《きょう》もしつこいの承知で誘《さそ》ってみたけど、返事は『ごめん』の一言だった」

大河はふむ、と腕を組んでみせる。

「昨日の、あの事故さえなければもうちょっと話は簡単《かんたん》だったのかもねえ……うん、でも、あんたがそんなにやる気なら……大丈夫。心配しないで、あんたはそのやる気を燃やし続けるのよ。あとのことは、このエンジェル大河さまにすべて任せなさい」

「……どうするつもりだ、具体的に」

やる気ばかりがカラ回り——そんな自覚が実は少々ある竜児を見上げ、大河はしかし余裕のVサインをつきつけてみせる。

「心配するなっての。大丈夫だってば。まだ策はある」

ヒソヒソ交わす言葉は、辺《あた》りから湧《わ》き上がったざわめきに一瞬《いっしゅん》かき消された。北村《きたむら》は開場までのひとときを一旦《いったん》解散とした。着替えたい奴《やつ》は家に帰るなり、持参した私服に教室で着替えるなり、このまま休憩《きゅうけい》したい奴らはつるんで教室かどこかの店に行くなり、それぞれに歩き出し、おしゃべりを始める。

開場は午後五時の予定だ。そこから参加者を会場に入れ始め、五時半に北村の挨拶《あいさつ》、そしてパーティは正式に開始！ という流れだった。遅れて来るも自由、途中《とちゅう》退場も自由、自由に楽しんでもらって、閉会の挨拶は七時半。八時までに全員を必ず帰宅させ、準備委員と生徒会役員は翌日朝八時に再集合。後片付けを責任もってきっちり行う。

というわけで、開場まではあと一時間あった。さてどうしようか、と立ち止まった竜児《りゅうじ》の肘《ひじ》を軽くつついたのは北村だった。

「高須《たかす》と逢坂《あいさか》はこれからどうするんだ？ 生徒会は引き続き受付の用意などがあるんだが、あ、もしかして手伝《てつだ》ってくれるとか!? だとしたらものすごーくありがたいぞ！」

「そうなのか？ 別に構わねえけど」

そこに亜美《あみ》が北村の肩に顎《あご》を乗せるようにして顔を出し、

「断りなって、お人よしなんだからぁ。祐作《ゆうさく》って結構人使いあらいよねえ、そういう奴は大成しないいんだよ〜？」

「うーるさいな。亜美はどうするんだよ。おまえも手伝ってくれるのか？」

「じょーだんでしょ？　あたしはウチに帰って、お・き・が・え♡　じゃ、また開場のときにね〜！」

去っていく亜美の背を追おうとするみたいに、大河《たいが》も竜児の袖《そで》を摑《つか》んで引っ張る。

「ごめん北村くん、私たちも一回帰るの。いこ、竜児」

「え？　帰ってどうすんだよ。俺《おれ》は別に制服のままで、」

「いいから帰るのよ！　歩け！　急げ！　じゃあ、またあとでね！」

ほとんど力ずく、竜児は大河にグイグイ引っ張られるままに、帰途《きと》につかされる。帰ったところでなにがあるという。尋《たず》ねても大河は問いを無視、答えてはくれない。無視はサンタに見られてもいいのだろうか。

そうして辿《たど》りついた大河のマンションのエントランス前、

「家に入ったらすぐ、あんたの部屋《へや》の窓、開けて」

「……なんで」

「いいから。言うとおりにするの」

大河は腰に片手をあて、片手で竜児の鼻先を指し、意味不明気味に命じるのだ。一体なんなんだ、と思いつつも、

「ただいまー」

「あっ☆　おっかえりんヌす〜！　通知表どうだったあ〜？」

能天気《のうてんき》にコタツで丸くなっている泰子《やすこ》に成績表《せいせきひょう》を投げて渡す。「きゃ～☆」といいのか悪いのかよくわからない悲鳴を聞きつつ、言われたとおりにベッドに乗り上げ、竜児《りゅうじ》は律儀《りちぎ》に南面の窓を開ける。その窓の向こうはおなじみ大河《たいが》のマンション、ちょうど寝室に面していて、

「……はい！」

「おう⁉」

ガラッ、と向かいの窓が開くなり、大河は一抱えもある箱《はこ》を竜児めがけて放ってきた。とっさに両手を出して受け止める。見た目ほどには重くはないが、それでも相当驚《おどろ》いた。

「な、なんだよこれは！　ったく、危ねえ、横着《おうちゃく》しやがって……」

「それをすぐに開けること。見たらわかるから。じゃ、三十分したらそっち行くからね」

それきりピシャッと大河の部屋《へや》の窓は締《し》め切られた。ご丁寧《ていねい》にカーテンまで閉ざされて、竜児は一人《ひとり》取り残される。いや、一人ではないか。

「なになに、どしたでヤンスか～？　それな～に？」

「……なんか、大河が投げて寄越《よこ》して……開けてみろって……」

「なんか立派な箱だねえ。お菓子かなんかかな～？」

泰子と向き合って竜児は床《ゆか》に座り込み、大河が投げて寄越したナゾの箱を開けてみる。母と息子《むすこ》二人《ふたり》の手が蓋《ふた》を摑《つか》み、同時にぱかっと持ち上げ、そして、

「お……おわあ～……☆」

「お……おう……☆」

同じ角度で顎《あご》が落ちた。目を見開いて言葉を失《な》くすのも同時に。こんなときばかり、泰子と竜児は高須家《たかすけ》の遺伝子《いでんし》丸出し、そっくりになるのだ。


ドアを開く音がして、カツカツ、と、いつもは聞こえないハイヒールのかかとの音が玄関から聞こえてきた。続いてスタスタと自分の家同然に居間へ上がりこむ足音、

「あれ？　竜児？　やっちゃん？　どこにいるの？」

「ここだー！　洗面所ー！」

答えてやると、そいつは居間から廊下を戻ってきて、ひょいっと開けっ放しのドアの中を覗《のぞ》きこんだ。そしてお互いにお互いを指差し、

「あっ！」

「おう！」

短く声を上げる。鏡《かがみ》を覗き込んでいた竜児の足元にしゃがみこみ、ドライヤーのコードを巻いていた泰子も気がついて顔を上げ、現れた大河の姿を見て、

「わ～お☆」

歓声《かんせい》を上げてにっこりと笑った。「いいよいいよ～、すっごいかわいいよ大河ちゃ～ん！」

と、ファーの襟元《えりもと》をそっと直す。竜児《りゅうじ》はかけるべき言葉を見失い、挙動不審《きょどうふしん》に両眼を危《あや》うくギラつかせる。

大河《たいが》はこの三十分で、小柄《こがら》な女子高生から、パーティに向かうレディに変身していた。前髪を斜めにぴったりと止め、ウエーブのかかった長い髪はタイトなアップに。額《ひたい》の白さがよく目立ち、漆黒《しっこく》のマスカラで深みを増した煌《きらめ》く瞳《ひとみ》と真紅《しんく》のリップが美しく映《は》える。普段《ふだん》はフランス人形とも評される精緻《せいち》な大河の面《おもて》が、淡《あわ》いメイクによって女らしくキリリと引き締《し》まり、本来の彫りの深さや整《ととの》った目鼻立ちがよく目立つ、華《はな》やかな美貌《びぼう》に進化を遂げていた。

少し透《す》けるストッキングに、ドレスはいわゆるプチブラック——膝上丈《ひざうえたけ》の、美しいシルエットで作られたシンプルなシルクの漆黒。胸元の寂《さび》しさも竜児の手を煩《わずら》わせることなく、重ねれた生地《きじ》のドレープがカバーしている。そしてツヤのある黒のロンググローブに、少し袖丈《そでたけ》が短くて若々しい、ショート丈のフォックスファー。黒ビーズのフリンジが揺《ゆ》れるクラッチバッグと、細い首をより際立《きわだ》たせるパールのチョーカーで、大河はまさにパーフェクトだった。どこから誰《だれ》に見られても美しく、麗《うるわ》しく、シックな黒はファッショナブルだった。学校のパーティなんかではもったいないほどに綺麗《きれい》だった。その麗人《れいじん》の唇に、淡い笑《え》みがゆっくり広がる。

「……よかった、サイズぴったりじゃん」

一方の竜児も、ある意味、学校のパーティなんかではもったいない装《よそお》いでキメているのだ。

実は。

大河が放って寄越《よこ》した箱《はこ》に入っていたのはブラックスーツの一式で、泰子《やすこ》のアドバイスで多少緩《ゆる》めに作ったネクタイの結び目と、三つボタンのうち真ん中しか止めない着こなし、珍しく前髪を上げてワックスもつければあらステキ。竜児もすっかり王子様——裏の世界の、貴公子のようであった。若頭《わかがしら》とか、跡目《あとめ》とか、そんな名称で呼ばれるのがお似合いの。

しかし竜児のツラがアレなだけで、細身のスーツ自体は本当に仕立てがよく、色も上品で黒なのに喪服《もふく》っぽくもなく、

「ここ、こんなの……いいのか⁉　かかか、借りちゃっても！　どど、どもりが止まらねえ……」

乾いた唇をベロベロなめ回してどもりたいぐらいには高価そうに見えた。大河はなんでもなさそうに本物のファーに包まれた肩をちょっとすくめ、さらりと言ってのける。

「貸すんじゃない、あげるのよ」

「くれるだとぉ⁉　裏地に、R.Aisakaって縫《ぬ》い取りがあったぞ⁉」

「実家から出たときに、業者に『クロゼットの中身全部もってこい！』って言ったら、これも一緒《いっしょ》に持ってこられちゃったのよ。でも大丈夫、それって奴《やつ》が付け届けで誰《だれ》かにもらって、でもサイズがてんでブカブカで、直すのも面倒《めんどう》だったみたいでそのまま放置されてたのだから。気になるんならそんな縫い取りは取っちゃいな、証拠《しょうこ》隠滅《いんめつ》」

「あんな野郎のお下がりなんて冗談《じょうだん》じゃねえ、俺《おれ》は、」

「グッチよ」

「ぐっ……」

「あんたが着ないなら処分するしか」

「M、M、MOTTAINA-I！　ええい、糸きり鋏《ばさみ》を！　証拠隠滅《しょうこいんめつ》だ！」

うんうん、と泰子《やすこ》まで混じって頷《うなず》き合う中、チョン！　と名前の縫《ぬ》い取り糸を切り落とす。指で引っ張ればスルスルと解《ほど》けて、これで竜児《りゅうじ》は正式に若頭《わかがしら》スーツをゲット。せっかく大河《たいが》がくれたのだし、なにより処分なんてMOTTAINAIし……自分にそんなふうに言い聞かせつつ、調子《ちょうし》に乗ってうきうきと鏡《かがみ》をもう一度覗《のぞ》いてみる。そこにはうっとりするような美男子が！　……なんてわけには残念ながらいかないが、なんというかまあそれなりに、顔に迫力もあることだし、着こなせていないわけではないわけではない。わけでもないんじゃないかな、と、自分では思う。他人が見たらどうかは知らない。

そんな竜児を鏡越しに見つめ、大河はチェリー色の唇に微笑《ほほえ》みを浮かべた。

「これでほんとに、準備完了。でも大事なのは——わかってる？　あんたは今夜それを着て、すべきことがあるんだからね。……絶対邪魔《じゃま》したりしないから。とにかく私を信じて、安心してて。それに、こんなこと言ってあげるのは今日《きょう》限定だけど、今日のあんたは、高須《たかす》竜児は、いつもよりずっと小マシっていうか……見栄《みば》えが、いいわ。だから堂々《どうどう》と、背を伸ばして顔を上げてるのよ」

今夜のおまえだって相当いいぞ。

……とは、言えなかった。モゴモゴと唇が震《ふる》え、いきなり大河の顔をまともに見られなくなる。言われたそばから、顔を伏せたくなる。照れるじゃねえかよバカ野郎が、と、喉《のど》の奥で小さく唸《うな》る。竜児が照れたのがわかって、大河は「くくっ」と笑い声を上げる。

——すべきことなら、わかっているとも。

誰《だれ》もが報《むく》われるように、誰もが笑顔《えがお》で明日《あした》を迎えられるように、このイブをハッピーに過ごすのだ。誰一人《ひとり》、欠《か》けることなく幸せのリレーを完成させるのだ。実乃梨《みのり》のことも諦《あきら》めちゃいない。そのためにはメールもしよう。電話もしよう。策があるというのなら、エンジェル大河のご利益《りやく》だって信じてみよう。そうだ、失恋大明神《だいみょうじん》のご利益だってあるかもしれない。

しょぼい洗面台の前で拳《こぶし》を握り、「……よし！」と気合を入れ直す。大河も北村《きたむら》の顔でも思い浮かべているのか、それともサンタの夢を思っているのか、瞳《ひとみ》の光を強くする。

「そ～だ☆　えへへ～、やっちゃんがふたりに大人《おとな》の魔法をかけてあげるぅ～！」

泰子はそんな二人《ふたり》を見て顔をほころばせ、狭い洗面室からルンルン歌いながらスキップで出ていった。自分の部屋《へや》に入り、戻ってきたその手には紫 色《むらさきいろ》の小さな小瓶《こびん》と、古びた皮のケースが握られている。泰子はまずは大河に向き直り、

「ちょっと失礼～！」

「わー！」

自分の指先に小瓶《こびん》からシュッ、と液体をスプレーし、その手を何度か宙で振ってから、おもむろにドレスの胸元にずぼっと突っ込んだ。ぎょっとして声も出ない竜児《りゅうじ》の目の前で、母の手は大河《たいが》の虚《むな》しい大陸棚《たいりくだな》みたいな胸のはざまを二回行き来した。ややあって、ふわっと不思議《ふしぎ》な暖かみを感じる、穏《おだ》やかな香《かお》りが鼻先に届く。

「へっへ～、今のはね、香水だよ～☆　トワレと違って濃《こ》い目だけどね、おなかとか、胸とかね、あったかいところにすこ～しだけつけると、失敗しないんだよ～☆」

「あ……ありがと。……わ、なんか、すっごくいい匂《にお》い……本物の香水なんて、ほんとに大人《おとな》になったみたい！」

くんかくんかと大人どころか動物みたいに鼻をうごめかし、大河は泰子《やすこ》を笑顔《えがお》で見上げた。泰子も嬉《うれ》しそうにして、

「大河ちゃんの匂いとまじって、パーティが始まる頃《ころ》には、きっとほ～んのり香りが立ってくるはずだからね～！　んで、竜《りゅう》ちゃんにはこれを貸してあげるの～！　ぱか～！」

竜児に開いて見せてくれたケースの中には、国内メーカーの、重厚な男物の時計《とけい》が納められていた。派手《はで》さはないが堅実で、錆《さ》びも汚れも見当たらず、秒針だってきちんと動いて時間もぴったり合っている。古そうなわりにはちゃんと手入れがされていて——はっ、と竜児はある可能性に思い至る。

「もしかして……これって、親父《おやじ》、の……？」

「ちがいまんすルス☆」

あっさり息子《むすこ》のロマンを打ち破り、にゃは〜、と泰子はのんきに笑った。

「むかしねえ、やっちゃんが家出してきたときねえ、金目のものを担《かつ》げるだけ、おうちから持ち逃げしたんだ〜。着物とかあ〜、宝石ついた帯留《おびど》めとかあ〜、指輪《ゆびわ》とかあ〜、もうキラキラしているものを片《かた》っ端《ぱし》から摑《つか》んでさ〜。そのときにこれも持ってきたんだけど、質屋《しちや》に見せてもあんまりお金はもらえないみたいで、だったらなあ〜、って売り渋《しぶ》っているうちに、なんとなく今日《きょう》まで残っちゃったのぉ〜」

「……ほ、他《ほか》のものは……」

「ぜぇ〜んぶ、竜ちゃんが三歳になる前に、お金に変わって消えました☆」

……。と子供たちはハードすぎた母の人生に、思わず言葉を失う。「ほんとにねえ〜、パパのロレックスがあったらよかったよねえ〜、きっと似合ったよぉ、ダイヤ入りのギラギラのコンビでえ〜……」と泰子は語りつつ、竜児の手首にその時計を嵌《は》めた。サイズはぴったりで、ステンレスは驚《おどろ》くほど冷たい。ギク、と心臓《しんぞう》が跳《は》ねるぐらいに。

「つまり、これは、じいちゃん、の物……っていうか、……盗品か……！」

「そ〜なんで〜す！　わぁ〜お！　似合う似合う、竜ちゃん似合うよ〜！　あ〜よかったあ、二束三文《にそくさんもん》でうっぱらわなくてえ〜！　迷ったんだよねえ、あの日〜」

あの日がどの日かは知らないが、竜児はちょっと黙《だま》り込む。浮かれ気分も落ち着いて我《われ》に返って見下ろせば、己《おのれ》が現在身につけているのは、大嫌いな大河《たいが》の親父《おやじ》から大河がかっぱらったスーツに、泰子《やすこ》が家出の糧《かて》に盗み出してきた実の祖父の時計《とけい》。

なんだか、全身を出所の怪《あや》しいモノで固めてしまった気がする——本当に「誰《だれ》か」が見ているならば、これは天罰《てんばつ》ものかもしれない。そんな気がして、思わず背筋を震《ふる》わせる。嫌《いや》なことまで思い出す。「お父《とう》さんって報《むく》われないねぇ」なんていう、亜美《あみ》が偉そうに語って下さった一連のセリフだ。スーツにも、時計にも、己の娘を守らずに手放した父親の、浅はかさや悔《く》いや怨念《おんねん》や……諸々《もろもろ》の呪《のろ》いみたいなものがこもっていたりして。

なんて。

——いや、やめよう。せっかくのイブに怨念やら呪いやら、そんなモンは似合わない。

十二月二十四日、午後五時の、少し前。

ハイヒールの大河のために、泰子は店の常連さんが運転するタクシーを、高須《たかす》家《け》の前まで呼んでくれた。

高校生の分際《ぶんざい》で贅沢《ぜいたく》にも迎車《げいしゃ》に乗り込み、行き先を告《つ》げる。「あっ、デート!?」と顔見知りのおじさんにからかわれ、二人揃《ふたりそろ》って「違いまーす!」と答える。クッションに沈む竜児《りゅうじ》のスーツの尻《しり》ポケットには、実乃梨《みのり》に渡したくて用意した小さなプレゼントがしっかり入っている。

そして街は、夜を迎える。

クリスマスイブのイルミネーションはまるで光の洪水のように煌《きらめ》く。

胸が高鳴る。

期待と不安が交互に押し寄せる。

竜児はネクタイの結び目を指先で落ち着きなくいじくった。その袖《そで》を摑《つか》んでやめさせて、大河は低く告げた。「大丈夫だっていってるでしょ」と、笑《え》みを含んだ声で。

グッチで決めた若頭《わかがしら》と、９センチヒールでもまだ小柄《こがら》なレディを乗せたタクシーは、いまや魔法《まほう》の馬車だった。いつもと違う二人を乗せて、いつもと違う眩《まばゆ》い世界を——光輝《かがや》くイブの街を、時速40キロでひた走る。

5

「早めに来たのにすっごいコミコミ、何人来てるんだあ⁉　あ、高須《たかす》発見！」

「おーい、高っちゃーん！　ここだよー！」

——午後五時十五分。

輝《かがや》くツリーが中央に据《す》えられ、暗幕《あんまく》も引かれ、ライトとイルミネーションで飾り付けられた体育館《たいいくかん》は、ざわめく生徒たちでごった返していた。クリスマスイブのパーティという非日常の空間で浮かれ気分も絶頂なのだろう、あちこちでいろんな奴《やつ》らが早くも調子《ちょうし》に乗っている。受付で配られたキラキラとんがり帽子《ぼうし》をかぶる者あり、鼻眼鏡《はなめがね》の者あり、そして私服のスーツを着こなして、

「あっ、気をつけろ！　こぼすんじゃねえ、ベタついて埃《ほこり》がへばりつく！」

三角巾《さんかくきん》にエプロン装着、食堂のおばちゃん化している者もあり。こええよ……と怒られた奴が肩を竦《すく》める。でもそいつが悪いのだ。会場はこんなにも混雑しているというのに、カップにたっぷり入れてやったフルーツパンチを片手で不安定に持ち、今にも甘い炭酸《たんさん》のジュースを床《ゆか》に零《こぼ》しそうになっていたのだから。

クロールで波間を泳ぐみたいに人の群れをかきわけて、能登《のと》と春田《はるた》が三角巾スーツおばちゃんに接近していく。奴らの姿に気がついて、おばちゃん——竜児《りゅうじ》も「おう！」ととっておきの呪《のろ》いの夜叉面《やしゃめん》をかぶった。いや、微笑《ほほえ》んだ。

「なに高《たか》っちゃん、せっかくかちょい～私服なのにエプロンなんかしちゃって～！　ってか、そんなオサレなスーツ持ってたんだ!?　いいな～いいな～！　俺《おれ》なんかさっき駅ビルで買って来たコレだぜ～」

春田がくねくねと己《おのれ》のカットソーの裾《すそ》を摘《つま》めば、

「春田なんかまだいいよ、おニューだもん。俺なんかコレだよコレ、二年間着続けてるよ」

能登はマイナーなバンド名が大書きされたクタクタのパーカーを引っ張ってみせる。みんなオシャレしてくるならそういってよ〜、と悲しげにかわうそアイズをうるうるさせて。ちなみに猫の糞《くそ》ほどもかわいくはない。

哀れな男二人《ふたり》の背中から、そのとき冷たい声が飛ぶ。

「ちょっとぉー！　そこってフルーツパンチの列なんですけどぉー！」

「割り込みすんなよな！」

人ごみの中に紛《まぎ》れて分かりにくいことになってはいたが、確《たし》かに能登と春田はうっかり列の先頭に割り込んでしまっていたのだった。

しまった、と竜児は眼光鋭《するど》くオタマを振るう。オタマの描いた軌跡《きせき》は魔法《まほう》のように、見事に能登&春田を行列の皆様から次元断絶——要するにちょっと端《はし》に寄せる。オタマ使いにかけては竜児の右に出るものはあまりいない。

春田は「しーましぇーん」と行列を作っていた連中にロン毛を押さえて頭を下げ、能登は人いきれに眼鏡《めがね》を曇《くも》らせながらも「およよ！」とチャイナドレスの女子チームを発見、指でレンズをしっかり拭《ぬぐ》う。

魔法の馬車でパーティ会場に乗りつけた裏社会の貴公子は、いまや、フルーツパンチ係として壁際《かべぎわ》のブースに異様な存在感を放ちつつ収まっているのだった。

とはいえ、なにも竜児《りゅうじ》だって好き好んでこんな地味な仕事を引き受けたわけではない。大《たい》河《が》と二人《ふたり》、揃《そろ》って車で登場したときには、すでに集まっていた生徒たちからは熱《あつ》い視線《しせん》を浴びまくった。気のせいではなく、本当に。お洒落《しゃれ》だの綺麗《きれい》だのかわいいだの、「さすがタイガーさん、あのハイヒールは危険な凶器《きょうき》だぜ……」だのと少々マニアックな声も混じってはいたが、羨望《せんぼう》の眼差《まなざ》しなんてくすぐったいモンを注がれまくった。

存分に周囲から注目されつつ、二人は歩調《ほちょう》を揃え、ツリーが輝《かがや》く会場の中央までゆっくりと歩んだわけだ。そして竜児の視線はなにげなく、壁際《かべぎわ》へ。それが悪かった。――釘《くぎ》付けになった。オタマからはぽたぽたとシロップの雫《しずく》が垂《た》れ、クラッカーのカスは開場早々クロスに落ちっぱなし、食べ物を供す役目だというのに係の奴《やつ》らは「あー、やっぱり冷えるなー」「でも結構人来てるねー」などとぺちゃくちゃおしゃべりを繰《く》り広げて。

そのとき、ぷるっと竜児の片頬《かたほお》は、引きつるように震《ふる》えた。右手は制服のポケットのあたりを空《むな》しく掻《か》き、今日《きょう》はスーツなのだと思い出した。そう、今日は高須棒《たかすぼう》がない。ティッシュとハンカチは持ってきたが、ウエットティッシュはない。重曹水《じゅうそうすい》パックセットもない。万が一の染《し》み抜きもないし、マジッククロスもない。アクリル毛糸で編《あ》んだ愛用万能スポンジもない。クエン酸《さん》スプレーさえもない。抗菌《こうきん》ジェルも消臭《しょうしゅう》スプレーも純石鹸《せっけん》さえもない。……丸裸だ。

これではまっぱも同然だ。

装備を剝《む》かれた兵士の気分、竜児はヤケクソ気味に走り出していた。いっそ撃《う》ってくれ！

じゃなくて、「どいてくれ〜〜っ！　俺《おれ》に、俺にやらせてくれ〜〜っ！　汚さないように俺がやるんだぁ〜〜〜っ！」……まさに竜児は丸裸状態、普段《ふだん》は隠《かく》された変態性癖《せいへき》も丸出しであった。呆《あき》れた大河はどこかへ消えてしまい、気がつけば、

「でも高須、その仕事ずっとやんの？　なんかおまえかわいそくない？」

「……いや、ずっとではない……と、思う、んだが……」

ちゃんと列の最後尾に並んで順番どおりに再接近してきた能登《のと》の言葉に、自分でも首をひねるしかない始末だった。能登のカップにシュワシュワ弾《はじ》けるフルーツパンチをたっぷりと注いでやりつつ、改めて己《おのれ》はなにをやってるんだか、と辺《あた》りを見回す。

五時半のパーティ開始にはまだ少々の間があった。しかしすでに体育館《たいいくかん》にはたくさんの生徒たちが集まってきていて、想像以上の混雑を見せている。さすがに受験《じゅけん》を控えた三年生はあまりいないような気がするが、それにしても制服姿のままの奴らに、私服でセンスを競《きそ》う奴ら、ここぞとばかりにネタに走って集団女装している連中もいるし、着ぐるみも動物系から版権モノまで各種取り揃えてあちこちに出没中。男女二人でぴったりねっとり寄り添《そ》って、女装軍団に「性夜！　性夜！」とからかわれているカップルもあり、

「おう!?　あれは一体なんなんだ!?」

「ああ、最近暴走《ぼうそう》していると噂《うわさ》の『亜美《あみ》ちゃん派』の奴らだ。過激《かげき》らしいぜ……」

揃いの丈長《たけなが》ハッピはきらっきらの蛍光《けいこう》イエロー、背中には「亜美様命」だの「亜美様心中」

だの物騒《ぶっそう》な文字が躍《おど》りまくり、額《ひたい》にはハチマキまで締《し》めて、十数人の野郎どもは神妙な面持《おもも》ちで入り口に立膝《たてひざ》で並んでいるのだ。「わ〜、なんか盛り上がって……ぎゃー！」——受付を済ませて入ってきた無辜《むこ》の女子グループを無駄《むだ》にビビらせて、それでも表情一つ変えずに。春田《はるた》もフルーツパンチをちゅっぱちゅっぱ舐《な》め吸いし、

「亜美《あみ》ちゃんが来るのをああやって待ってるんだぜ〜、危ないよな〜、フヒヒ！」

遠巻きに奴《やつ》らを笑う。しかしその胸には異様な長さの望遠レンズをつけた見るからに危ないカメラを正々堂々《せいせいどうどう》ぶら下げていて、

「……で、春田。それでおまえはなにを撮《と》るつもりなんだ……？」

このパーティの運営を担《にな》う準備委員としては、看過《かんか》することは難《むずか》しかった。しかしアホは嬉《うれ》しげに「あ、気がついたあ〜!?」と得意げにピース。

「亜美ちゃんだぜ〜！　いいっしょ〜！　きっと亜美ちゃんはまたとんでもないおべべで俺《おれ》たちの前にぷっるんぷっるんとぅーるっとぅるー！　って現れてくれるはずなんだぜ〜！　だからこれ、わざわざ借りてきたんだぜ〜！　ア〜ハハハハははハハはははは〜！」

大口を開けて笑う春田の口から、とぅるーっとフルーツパンチが涎《よだれ》の如《ごと》く一筋垂《た》れる。それもまったく気にするふうではなく、アホは不意にきりっと顔を引き締《し》め、キメるのだ。

「亜美ちゃんのおレングスは、記憶《きおく》ではなく、記録《きろく》に残したいからさ……！」

……おレッグスな、と能登《のと》のフォローもどこか哀《かな》しい調《しら》べ。竜児《りゅうじ》は怒ることも忘れ、ティ

ッシュでそっと足りない友の口元を拭《ぬぐ》ってやる。が、「えっ、なに!?　ちょっと母《かあ》ちゃんみたいなことすんなよ！　キモいなー！」……意外に荒っぽくその手を払いのけられ、自分でも驚《おどろ》くぐらいにグッサリ傷つきもする。まあまあ、と能登はその肩を叩《たた》きつつ、視線《しせん》は涙目の竜児ではなく騒《さわ》がしく盛り上がる周囲へ。

「で、当の亜美ちゃんはどこにいるわけ？　もうすぐパーティ開始なのになあ？　木原《きはら》＆奈々《なな》子《こ》様は見かけたんだけど」

「あ～お！　木原ったらあんなショートパンツなんかで足見せスタイルしちゃってなあ～！　あいつ絶対俺たちのこと誘《さそ》ってるんだぜぇ～！　エロいよな～！　一方奈々子様はお嬢《じょう》様系清純ワンピでなあ～！　あいつも絶対俺たちのこと誘ってるんだぜぇ～！　エロいよな～！」

　アホの言葉は竜児の耳を、右から左へ一瞬《いっしゅん》で抜けていった。言われてみれば、亜美の姿はまだ見かけていない。あの目立ちたがり屋のことだから、めかしこむのに時間がかかっているのだろうか。また文化祭のミスコン司会の時のようなとんでもない衣装《いしょう》でご登場するつもりなのだろうか。それともあえて遅れて現れて注目独《ひと》り占め、フッフーン！　この亜美ちゃんの歩む背後に這《は》いつくばって足跡のニオイでも嗅《か》いで舐《な》めてその絶対的な美の軌跡《きせき》に歓喜《かんき》の涙を流せばいいのだそこのけそこのけ一般人どもヒーハーッ！　なんて——ありそうだから嫌《いや》になる。

が。

　本当のところ、さっきからずっと捜しているのは、亜美ではなく。

フルーツパンチをかき混ぜていても、台を拭《ぬぐ》っていても、能登《のと》や春田《はるた》と喋《しゃべ》っていても、片時も忘れることなく待っているのは——櫛枝実乃梨《くしえだみのり》以外の、他《ほか》の誰《だれ》でもなく。

竜児《りゅうじ》は生徒たちでごった返す騒《さわ》がしい体育館《たいいくかん》をキョロキョロと見回す。尻《しり》ポケットの、小さなふくらみをそっと押さえる。

さっき打ったメールには、まだ返信はなかった。一度携帯《けいたい》にかけてもみたが、留守電《るすでん》になってしまったきり音沙汰《おとさた》はなかった。大丈夫だから任せておけ、と平らな胸を張った大河《たいが》の姿も気がつけば見えない。

彼女は、まだ来ない。

まだ、というか、やはりというか。今日《きょう》まで何度誘《さそ》っても、彼女の気は変わらなかった。結局最後まで気が変わることはなく、このまま現れなかったりして……いや、やめよう。竜児はブルブルと頭を振る。弱気な考えを脳内から、力ずくで蹴《け》散《ち》らすみたいに追い払う。実乃梨に見せたいものがあるじゃないか。渡したいものもあるじゃないか。自分が信じなくてどうする。それにそう、まだパーティは始まってもいないのだ。これからこれから、これからだ。

オタマを握り締《し》めて竜児が顔を上げた、ちょうどそのときだった。

「え〜、皆様！ 本日はこのクリスマスイブパーティにご参加いただき、まことに、まっこっとっに、ありがとうございます！」

マイクを通した北村《きたむら》の声が会場中に響《ひび》き渡る。竜児も能登も春田も、そして会場にいるみんなも揃《そろ》って舞台《ぶたい》の方を振り返り、そして、ぶはっ！　と同時に噴《ふ》き出す。今夜のパーティの幹事たる生徒会長の雄姿《ゆうし》に、もはや唖然《あぜん》と顎《あご》を落とす。

「ここで受付にてお配りしましたクラッカーを拝借《はいしゃく》！　この一度きりのクリスマスイブを祝って、パーティの開始をカウントダウンで迎えさせていただきたい！」

にっこ――！　と舞台上でご機嫌《きげん》に微笑《ほほえ》む北村は、ヌーディストサンタスタイルでキメていた。つけひげにおきまりの赤い帽子、黒のブーツに赤いズボン、サスペンダーで乳首だけをギリギリ隠《かく》してあとはすっぽんぽん。上半身はすっぽんぽん。

なぜ。どうして。誰《だれ》もが問えないままに、北村はどんどんパーティを進行していく。いらんというのに露出《ろしゅつ》した肌にはしっかり鳥肌を立てて、脱ぐと意外と逞《たくま》しい胸板を力いっぱいさらけ出して。あれが亜美《あみ》ちゃんだったらな……と春田は寝ぼけたことを言い、力なく一枚、ヌーディーサンタを記録《きろく》に収める。

「よろしいですかー!?　それでは、今年《ことし》のクリスマスイブを祝してっ！　３、２、」

竜児も慌《あわ》てて傍《かたわ》らに置きっぱなしにしていたクラッカーを掴《つか》んだ。受付で一人《ひとり》に一つずつ配られたクラッカーを、会場にいる全員が揃って上方に向ける。そして北村が、

「１、……メリ――――クリスマ――――スッ!!」

叫ぶのと、同時。

まだイブだろー！　と何人か分のつっこみと、パアン！　パアン！　――それをもかき消す

凄《すさ》まじい破裂音。甲高《かんだか》い歓声《かんせい》。一斉に鳴らされた百を超えるクラッカーから、キラキラ輝《かがや》くテープが一気に噴《ふ》き上がり、ライトの光線《こうせん》の中に眩《まばゆ》く翻《ひるがえ》る。会場の宙が、一瞬《いっしゅん》にして嵐《あらし》みたいなカラフルさで鮮烈《せんれつ》に彩《いろど》られる。さらにどこかで遅れて二発、誰《だれ》かがクラッカーを鳴らす。笑い声がそのあたりから漏れる。

火薬の匂《にお》いが漂う中、入り口付近に残っていた照明もすべて落とされて、会場は上方からのスポットライトだけに眩く照らし出された。誰かの口笛が尾を引いて響《ひび》き、笑い声と歓声が猛《もう》然《ぜん》と湧《わ》き上がり、竜児《りゅうじ》は耳がおかしくなりかける。

「イエーイ！　メリークリッスマース！　来年もよろしくー！」

「メリクリことよろ〜〜〜！　うっひょ〜〜〜〜〜〜！」

能登《のと》と春田《はるた》とハイタッチ、「おう！　メリークリスマス、イブ！」と竜児も自分のために注いだ甘すぎるフルーツパンチをぐいっと飲み干《ほ》した。

炭酸《たんさん》が喉《のど》にシュワシュワと弾《はじ》ける。濃《こ》すぎる甘みが舌に絡《から》む。しかし、本当に心躍《こころおど》るにはまだまだ熱《ねつ》が足りない。パワーが足りない。彼女はまだ来ない。実乃梨《みのり》がここに現れなければ、竜児の突っ走りだした恋心のゴールは見えやしない。

跳《は》ねる心臓《しんぞう》の鼓動《こどう》も、震《ふる》えるような背筋の強張《こわば》りも、この身体《からだ》のすべて、すべてが、彼女の出現を待っているのだ。竜児は全身で、実乃梨の笑顔《えがお》を待っているのだ。どうかここに来てくれと、そして笑ってみせてくれと、全力で祈りを捧《ささ》げているのだ。幻の手を、幻《まぼろし》のバトンを、摑《つか》んでくれと伸ばしているのだ。

そのときだった。

大層《たいそう》見苦しかった北村《きたむら》がはけていった舞台《ぶたい》の幕《まく》がスルスルと上がり、歓声がさらにあちこちから重なり、驚《おどろ》きと熱狂の色を帯びて狂おしく弾ける。竜児も両眼をカッ！　と見開く。あれは親父《おやじ》の仇《かたき》！　を発見したわけではない。強く握り締《し》めているのもチャカではない。オタマだ。BGMがなかなか流れないいな、とは思っていた。クラッカーを鳴らして開会を祝う、という進行は当然知っていたから（クラッカーを手配したのは竜児だ）、その後に音楽を流し始めてオープニングの雰囲気を出すのだろうか、などとありきたりなことを想像していた。

しかし騙《だま》された。完全に、騙されていた。

隣《となり》で小さなサンドイッチを配っている準備委員の一年生も、ぽかんと口を開いている。彼も知らなかったのだ。準備委員にまでサプライズとは——知っていたのは、もしかして生徒会の連中と、そして彼ら、だけなのだろうか。

舞台には、ひそかに今夜限りのスペシャルな演出がセッティングされていた。聞きなれないドラムの生音が腹にくすぐったく響く。足元から響く震動《しんどう》が、こそばゆく身体中を駆《か》け巡《めぐ》る。全身の血を震わせる。

ドラムに、ギター、ベース、キーボード。確《たし》か、彼らは軽音楽部で結成されたバンドだ。結構うまいと文化祭でライブを見た連中の間では話題になっていた記憶《きおく》がある。奏《かな》でるのはポップにアレンジされた、誰《だれ》もが知っている有名すぎるクリスマスナンバー。そしてバンドを引き連れて、マイクを立てて英詞を歌うのは、

「た……大河《たいが》……じゃねえかっ！」

竜児《りゅうじ》はもはや卒倒寸前。

肩を出したブラックドレスの、大河だった。そして同じく膝上丈《ひざうえたけ》のブラックドレスに、大河と同じ形に髪をまとめた亜美《あみ》までいる。その隣《となり》には生徒会の二年生の女子と、もう一人《ひとり》の女子は軽音楽部のボーカル、だったと思う。

シックに着飾った四人の女子は全員前髪を斜めに形作ったまとめ髪に、深い赤の口紅、肘《ひじ》まで届くグローブ、肩を出す形の黒の衣装《いしょう》で、演奏に合わせて声を重ねる。スタンドマイクの前に立ち、右に左にステップを踏む。腕を上げ、ちょっと首を傾《かし》げ、ゆっくりと肘から下ろしていく。振り付けは全員ぴったり揃《そろ》い、そして歌声は淡《あわ》くハーモニー。

ライトが交差しながら四人を照らし出し、会場からは息の合った手拍子が湧《わ》き起こった。メジャーなその歌を一緒《いっしょ》に歌う声もそこここから聞こえ始める。笑顔《えがお》と、おしゃべりと、クリスマスソングと、それらを照らし出す眩《まばゆ》い光と――

「……すっげえ。タイガーが……歌って、踊ってるよ……」

春田《はるた》はシャッターを切るのも忘れ、リズムに合わせて小躍《こおど》りしつつ、いまだ口を半開きにしていた。手拍子と口笛でノリノリの能登《のと》が小さくその声に答える。

「愛の力だよ愛。あんな裸体晒《さら》し男のどこがそんなにいいんだか……ねえ」

チラリ、と向けられたまなざしに、しかし竜児《りゅうじ》は返事できずにいた。舞台《ぶたい》の上の大河《たいが》を眺め、亜美《あみ》も眺め、なんだよ、と。

なんだよ、もう。

こんなの全然、気づかなかった。試験《しけん》勉強とパーティ準備で怒濤《どとう》の日々だった一体どこで、奴《やつ》らはこんなモンを練習していたのか。こんなに見事な、クリスマスバンドを。

ブラックドレスの歌姫たちは、しかしあくまでもBGMに徹《てっ》しようとするみたいに一旦《いったん》歌をフェードアウト、演奏に合わせて揃《そろ》った振り付けを披露《ひろう》する。両手を腰にあてて首を振り、軽やかにステップを踏む。ツリーを中心に集《つど》った連中も、同じようにステップを踏んで音楽に乗る。目立ちたがり女王の亜美も、今夜はあくまでセットの一部でいるつもりらしい。スタンドプレーは一切なしに、天敵の大河の傍《かたわ》らで、みんなとぴったり動きを合わせ、象牙《ぞうげ》色《いろ》に輝《かがや》く肩をリズミカルに揺《ゆ》らす。

キラキラと輝く金と銀《ぎん》の紙吹雪《かみふぶき》が、やがて会場中に舞《ま》い散り始めた。空調《くうちょう》の風を利用して、二階の通路部分から生徒会の奴《やつ》らがせっせと地道に一掴《ひとつか》みずつ振りまいているのだ。うまい具合に手作りの紙吹雪は空気の動きに乗り、ふわっと舞い上がる。きれーい！　雪みたい！　と女子たちがはしゃいだ声を一斉にあげたのが竜児にも聞こえる。

輝く雪が舞うその中に、ツリーはシンボルとして静かにライトの光を映していた。笑いあうたくさんの人の群れを、照らし出すみたいに巨大だった。壊《こわ》れた跡など、竜児のいる壁際《かべぎわ》のブースからはわかりやしない。きっと誰《だれ》の目にもわかりやしない。明滅する豆電球も、亜美と作ったベルの飾りも、青銀色のオーナメントも、ツヤツヤ光る金（の）玉も、交差するスポットライトの中で目が眩《くら》むほどに輝いている。

てっぺんに光る、大河の星もだ。キラキラと綺麗《きれい》に光を映し出している。ちゃんと光ってみえている。

——なんて楽しいのだろう、と。

これって、最高だ。

竜児は立ち竦《すく》んだままで舞台を見上げた。美しいクリスマスの飾り、輝くイルミネーション、大きなツリーに音楽はライブ、歌う大河。踊る亜美。脱ぐ北村《きたむら》。はしゃぐ友人たち。そしてたくさんの、本当にたくさんの笑顔《えがお》。耳が変になりそうなほどの、暑苦しくもばかばかしい今年《ことし》最後の大騒《おおさわ》ぎ。

心のどこかで、ここに来なければ……準備委員に立候補などしなければよかったかも、なんて一瞬《いっしゅん》でも思いかけた自分のことを、本当にアホだと思う。パーティにこだわらず、たとえば元気のない実乃梨《みのり》をちょっと呼び出して、プレゼントを渡すだけでもよかったのかも……そんなふうに考えかけた自分を、竜児は心からバカだと思う。

こんなにも楽しいではないか。

だからこそここに、この楽しい場にこの時に、実乃梨《みのり》が一緒《いっしょ》にいてほしいのではないか。大河《たいが》と亜美《あみ》のサプライズな演出を、一緒に見上げていてほしいのではないか。輝《かがや》くツリーをうっとり見上げて、大河の星の煌《きらめ》きに照らされて、ハッピーなパーティを一緒に楽しみたいのではないか。

フルーツパンチのオタマを置いて、竜児《りゅうじ》は心からもう一度祈る。櫛枝《くしえだ》、どうか早くここに来てくれ。パーティが終わる前に現れてくれ。みんなが楽しくて、みんなが笑顔《えがお》で、そうでなくては報《むく》われないのだ。おまえ抜きではハッピーのリレーは成り立たない。この掛け値なしに最高のときをこそ、おまえとともに笑顔で迎えたいのだ。竜児の渾身《こんしん》の祈りに、握られたオタマがプルプル震《ふる》える。

他《ほか》のどこでもない。他のいつでもない。実乃梨とともに迎えたい夜は、この最高のパーティなのだから。実乃梨の笑顔のために、この夜はあるのだから。

そのとき、舞台《ぶたい》の上の大河が竜児の眼差《まなざ》しに気づいた。視線《しせん》を合わせたままで、大河は唇に笑《え》みを浮かべてみせた。驚《おどろ》いたでしょ？　すごいでしょ？　——そんなふうに言いたいみたいに。そしてクルリと背中を向ける。三拍置いて、振り返る。その瞬間《しゅんかん》に、パチン、と大河は小さなウインクを飛ばした。他の誰《だれ》も気づかない素早《すばや》さで、竜児だけに。

「っ！　……ば、……ばーか！」

面食らって、そして、苦笑が漏《も》れた。ドジのくせに調子《ちょうし》こいてミスってもしらねえぞ、と。

しかし大河は大河のくせに、振り付けを間違えたりしない。スタンドマイクを四人でぴったり同じタイミング、同じ角度で揃《そろ》えて倒し、ポールをキックして素早く戻す。実乃梨を必ず呼んでくる、心配はいらない、そう豪語《ごうご》したエンジェル大河さまは、どうやら本当にまだまだ余裕なのだ。これってほとんど、奇跡ではないか？

「高須《たかす》くーん！　フルーツパンチちょうだーい！」

「こっちが先ー！　のど乾いちゃったあ！」

早くも盛り上がりすぎたらしい連中が水分を求めてブースに群がってくる。竜児は慌《あわ》てて我《われ》に返り、準備委員の立場も思い出し、「はいはいちゃんと並んでくださーい！」とオタマを振るう。一滴も零《こぼ》してなるものか！　と両眼を決死の覚悟で吊《つ》り上げる。

歌う奴《やつ》、踊る奴、おしゃべりする奴、ただ大騒《おおさわ》ぎしたい奴、誰かを待っている奴——それぞれの笑顔が弾《はじ》ける中、パーティの夜は深まりゆく。北村《きたむら》もやってきて、その姿のわけを説明してくれる。サンタの衣装《いしょう》はきちんと用意したつもりだったのに、時間ギリギリに着替えようとしたら、上着が入っていないことに気がついたのだ、と。他の衣装を用意する時間もなく、仕方なしにこんな装《よそお》いになってしまった。らしいのだが。

「……Ｔシャツぐらい着ればよかったんじゃねえの？」

「あーなるほど！　その手があったかー！　早く教えてくれればよかったのに！」

「……別に今から着ればいいんじゃねえの？」

「ん⁉　なんだ⁉　よく聞こえない！」

そして、大河《たいが》の姿が消えたことに竜児《りゅうじ》が気づいた時には、BGMはとっくに流行の洋楽に変わり、舞台《ぶたい》の上には幕《まく》がきっちりと下りていた。

＊＊＊

「ここにいたんだ！」

背後からいきなり腕を取られ、よろめいた。

「おう！　……なんだ、びっくりした」

「え、聞こえなーい！　なんかすっごい混んでて……きゃあ！」

亜美《あみ》ちゃんだ亜美ちゃんだ亜美ちゃんだー！　亜美ちゃんが下界に現れたー！　と、まるで誘蛾灯《ゆうがとう》に吸い寄せられる羽虫《はむし》のように、あちこちから野郎どもが人波をパドリング、近づいてくるのが見える。亜美様心中ハッピの連中が身を挺《てい》して亜美の周囲をぐるりと取り巻き、「触れるでない！」「近づくでない！」と人の群れを制してくれていなければ、今頃二人《いまごろふたり》しておしくらまんじゅうのド真ん中状態、窒息《ちっそく》していたかもしれない。

ツリーの正面になんとか二人分の居場所を確保《かくほ》し、亜美は喧騒《けんそう》の中で片耳を押さえ、深い薔《ば》薇色《らいろ》に艶《つや》めく唇で笑ってみせた。

「ねえねえ歌、どうだったー!?　驚《おどろ》いたでしょ！」

「ああ、すっげえ驚いた！　いつの間にあんなの練習してたんだよ！」

「準備委員会のみんなにもサプライズプレゼント♡　みたいな！」

ここはちょうど音楽と大騒《おおさわ》ぎの中心地、お互いに声を張り上げなくてはまともな会話も成立しない。タイトなブラックドレスで誰《だれ》よりも美しく装《よそお》った亜美はライトの真下、「あ、この曲だいすき〜！」と両手を高く上げ、ダンスミュージックに合わせて踊り出す。キラキラ輝《かがや》く紙《かみ》吹雪《ふぶき》の中、口笛と歓声《かんせい》が湧《わ》き上がる。取り巻く連中も亜美と同じに両手を上げて、リズムに乗って宙で揺《ゆ》らす。

「これってあたしの曲！　ほーら、高須《たかす》くんも手ぇあげてー！　ねえ今日《きょう》はどうしたの!?　こんなかっこいいスーツで来ちゃうなんて、かなりビックリなんだけど！」

体温がわかるほど接近され、両手を掴《つか》まれて持ち上げられ、嫉妬《しっと》と羨望《せんぼう》の視線《しせん》がグサグサと背中に突き刺さるが、

「ちょ、ちょっと待った！　今、大河を捜してるんだ！」

「えー!?　なに!?」

竜児はのんきに踊っている心境ではなかった。踊る連中をかきわけて、ヒゲと帽子《ぼうし》を外《はず》して

Tシャツを着込んだ北村《きたむら》が「後ろを失敬！　ちょっと失敬！」と手刀《しゅとう》切《き》りつつ現れる。

「おう、北村！　ここだ！　そっちにいたか⁉」

「いや、いない！　誰《だれ》も姿を見てないらしい！　ちょうどよかった、亜美《あみ》は知らないか⁉　逢《あい》坂《さか》がどこにも見当たらないんだ！　さっきから捜してるんだが！」

「……」

踊るのを止《や》めた亜美の深紅《しんく》の唇が、わずかに動いたような気がした。しかし周囲は凄《すさ》まじい熱狂《ねっきょう》と混雑、とても竜児《りゅうじ》の耳にその言葉は届かなかった。

「え⁉　なんて言った⁉　聞こえねえ！」

ほとんど身長の変わらない亜美の口元に耳を近づける。亜美はほとんど抱きつくみたいに身を寄せてきて、両手で竜児の耳と自分の口の辺《あた》りを覆《おお》い、そして言った。

「だから、帰ったよ、って」

と。

「実乃梨《みのり》ちゃんちに、寄るんだって。ここに来るように引っ張り出して。それで自分は、もう家に帰るって。お邪魔虫《じゃまむし》になりたくないし、大好きなクリスマスに備えてサンタを待つの、とか言っちゃって」

——アホみたいに、竜児は口を開けて亜美の顔を見返した。亜美の大きな瞳《ひとみ》はライトを映し、強くて冷たい光をまっすぐに放っていた。そしてもう一度、言葉を継ぐ。

「……知らなかったの？　気づかなかった？　本当に？」

頷《うなず》いた。

ダンスミュージックが流れ、両手を高く上げて揺《ゆ》らめく人の群れのただ中で、竜児は頷くことしかできなかった。棒立《ぼうだ》ちになって、いや、でもおかしいだろ、と。「どうした!?」と訊《たず》ねてくる北村のツラを見てもう一度思った。

おかしいだろう、そんなのは。

「なんで？　……なんで、そうなるんだ!?」

「そんなの、あたしに言われても知らなーい！」

「なんで、あいつが帰らないといけねえんだよ！」

「知らないってば！　……見たくないもんでもあるんじゃない!?」

「……え……？」

「だから忠告したのに——ああ、もういいわ。あんたにはなに言っても無駄《むだ》。あたしの言うことなんか、聞いちゃいないんだ。……どいつも、こいつも……もう、いい」

亜美の手が、もがくみたいに竜児の胸を強く突いた。力に負けて、竜児はあっけなく足をもつれさせる。そのツラを、亜美はもはや見返りもしなかった。

「あたしはもう疲れたから消える。どいてよ、道あけて！　やだもう混んで……うざい！

一人《ひとり》になりたい、疲れたの！」

そうして身体《からだ》をもぎ離《はな》し、よろめきながら歩いていく。「どうしたの亜美《あみ》ちゃん！」「亜美ちゃんどこか行くの!?」「一緒《いっしょ》に踊ろうよー！」——どいてったら！　叫びながら、亜美は近づく奴《やつ》らの腕から逃げる。白いうなじが、白い背中が、踊る人の輪《わ》の中に消えていく。声が音楽に埋もれて消える。

残されて、竜児《りゅうじ》は。

「なんだって!?　亜美はなにか知ってたのか!?」

「……帰った、って……」

「すまん聞こえん、もう一回！」

「……大河《たいが》は！　帰った、って！」

「え!?　どうして!?　逢坂《あいさか》はまだ全然楽しんでないじゃないか！」

本当に——本当にそうだ。目を丸くしている親友の顔を見返し、竜児は亜美に突かれてじんじんと痛む胸を押さえた。

大河はまだ、全然このイブのパーティを楽しんでいない。北村《きたむら》とも会話すらろくにしていないはずだ。パーティは成功だ。みんな楽しんでいる。笑顔《えがお》でいる。だけど大河は、いまだ少しも報《むく》われてはいないではないか。

「どうしたんだろう!?　まさか、疲れて体調《たいちょう》でも崩《くず》したんだろうか!?」

「さあ……わかん、ねえ……」

わからない。

さらに混み合う人の群れの中で、竜児は立ち竦《すく》み、頭を掻《か》いた。身じろぎもできなかった。わからない。どうしてこうなるんだ。

竜児のために、大河はスーツを用意してくれた。

みんなのために、パーティを盛り上げるために、綺麗《きれい》に装《よそお》い、歌い、踊ってくれた。

そしてまた竜児のために、大河はここから去っていってしまったというのか。実乃梨《みのり》を呼ぶために。邪魔《じゃま》を、しないために。

「……それで、一人《ひとり》で、家に帰って、……誰《だれ》がおまえを笑顔にしてくれるんだ？　それがハッピーな光景の一部、か？」

一人ごちる目の端で、クリスマスツリーが輝《かがや》いていた。砕《くだ》けてしまった大河の星も、ちゃんとピカピカに輝いていた。だけどどんなに綺麗でも、どんなに眩《まぶ》しくても、ここにいなければ意味なんてないではないか、竜児はそう思うのだ。あの眩《まばゆ》いツリーの下で一緒に笑っていられなければ、報われることなんかないではないか。誰のために今夜はこんなに美しい。誰のために、クリスマスは来る。みんなのためではないか。大河も含めた、みんなのためではないか。みんながハッピーじゃなくちゃ、そう言った自分の言葉も忘れたかドジタイガー。

それとも——本当に、サンタが見ているとでも思っているのだろうか。偽善《ぎぜん》、独善、わかってる。そう言いながらもいいこにしていれば、サンタが目の前に再び現れると、本当に信じているのだろうか。

だけどサンタなんて現実にはいない。大河《たいが》がどんなにいいこしていたかなんて、知っている奴《やつ》はいない。見ている誰《だれ》か、なんかいない。神様なんかこの世にはいない。街はキラキラとイルミネーションに輝《かがや》き、そこここに笑顔《えがお》が溢《あふ》れ、世界にはハッピーなクリスマスが訪れて、そして、大河は、報《むく》われない。

今年《ことし》の大河は一人《ひとり》じゃない？　……一人で家に帰ってしまったではないか。味方になってくれる大人《おとな》がいる？　ああ、いるとも。でもその大人たちは今、大河のそばにいてくれるわけではないではないか。

結局、こうやって、今年もまた、大河は一人になってしまったではないか。

自分の顔を撫《な》でた。

立ち竦《すく》んだまま考えた。

どうすれば、今夜のリレーは壊《こわ》れない。

北村《きたむら》の顔を一度見た。喉《のど》から声を絞《しぼ》り出しかけ、いや、違う、と飲み込んだ。今になってやっと、気がついた。

見ていた奴なら、一人いるのだ。

そして、大河の孤独を知っている奴も。

この世にそれはたった一人だけ。たった一人だけ、大河のことを、ずっと近くで見ていた奴がいるのだ。ちゃんと大河に手渡されるべきバトンは、ここにあるのだ。この手の中に。

大河がいいこでいたのを知っている世界でたった一人の人間。そいつの名前は高須《たかす》竜児《りゅうじ》。

つまり、――俺《おれ》だ。

＊＊＊

そうなの？　本当に、そうなの？

大好きな親友は、何度もそう言った。そうだよ、と自分はそのたび辛抱強《しんぼうづよ》く頷《うなず》いた。「竜児は、みのりんが来るまで絶対に帰らないって。学校に泊まる覚悟だって」……繰《く》り返した言葉は、もはや脅迫《きょうはく》に近かったかもしれない。久しぶりに訪れた櫛枝家《くしえだけ》の玄関先で、実乃梨《みのり》は困ったみたいにしばらく立ち竦み、唇を噛《か》んでいた。

その表情を大河は一人、思い出す。

「……ごめんね、みのりん」

聞こえるわけはないが、それでもそっと囁《ささや》きかける。

「でも、嫌《いや》じゃないんだよね。本当は、行きたいんだよね。……そんなのわかるよ、親友だもん。そうでなくちゃ、こんなにがんばんないよ」

あれだけ言ってやったのだ。絶対に実乃梨はパーティに向かうだろう。きっかけは『高須くんを学校に泊まらせるわけにはいかないから』で、いいのだ。その後のことは、あいつが頑張《がんば》るところなんだから。

ソファにはだらしなく脱ぎ捨てたストッキングが引っかかっていた。クラッチバッグはその下に落ちてしまっているし、ファーのショートコートは玄関に放ったまま。ひどく疲れて、ドレスを脱ぐ気力もなくて、冷える肩に竜児《りゅうじ》のマフラーを巻きつける。いつものように無理矢《むりや》理《り》に奪《うば》ったわけじゃない。今日《きょう》、着替えに帰る途《と》中《ちゅう》でクシャミをしたら、竜児に巻きつけられたのだ。そのまま慌《あわただ》しくパーティの支《し》度《たく》に取り掛かって、返すのを忘れていた。

カシミアの柔らかさの中に鼻を埋め、かぎ慣《な》れた匂《にお》いを胸いっぱいに吸い込む。吐き出して、自分の息のぬくもりに顎《あご》を押し付ける。

靴《くつ》擦《ず》れして踵《かかと》はひどく痛み、もう立ち上がるのも億劫《おっくう》だった。だらしなくラグに座り込んだまま、リモコンでリビングの照明を淡《あわ》く落とす。今日はテレビはつけないで、広い部屋《へや》は水底に沈んだみたいに静かだった。

ローテーブルには、小さなガラスのツリー。内部のキャンドルをそっとトレイごと引き出して、コンビニで買ったライターで注意深く火を灯《とも》す。慎重《しんちょう》に、慎重に——クリスマスイブに火事で焼死なんて冗談《じょうだん》じゃない。

照明の落とされたリビングに、オレンジ色の光が暖かに揺《ゆ》れた。透《す》けるツリーは、本当に美しかった。キャンドルのアロマが、ふわりと匂いたって鼻先をくすぐった。

きつく髪をまとめたピンを外《はず》し、ゆらめく炎を見つめてテーブルに肘《ひじ》をつく。エアコンの音だけが、耳障《みみざわ》りに思える。マフラーを頭からかぶって、耳を塞《ふさ》ぐ。静けさが満ちて、これでいいのだと思う。ここ数日の忙しさで疲れ果てた身体《からだ》は、今にもとろとろと眠りに落ちてしまいそうだった。

今年《ことし》も一人《ひとり》――サンタは今年も現れない。思い出したみたいにこの時期ばかり、いいこぶってみたって遅いのだ。なにしろ今年は停学騒《さわ》ぎまで起こしたし、それに本当にはサンタなんていないのだし。

だから、今年も一人。

来年も一人だろう。

きっとその先も、ずっとずっと、ずっと、一人だろう。心地《ここち》よい死にも似た眠気に目を閉じながら、大河《たいが》は思う。生きている限り、自分はずっと一人でいるのだろう。今までと同じように、これからも永遠に一人なのだろう。そういう親の――運命のもとに生まれてしまったのだから、仕方ない。

目を閉じた。

なんて人生。我《われ》ながら思うけれど、「誰《だれ》か」が見ていてくれると考えれば、まあまあやっていける気がしていた。もちろん、そんなのは夢でしかないとわかっている。わかっているからこそ、それを信じることを自分に許しているのだ。

なにかに――誰《だれ》かに、縋《すが》ってはいけない。そんな弱い心では、「逢坂大河《あいさかたいが》」の人生はやっていけない。一人《ひとり》で生きていくためには、強くならなくちゃいけない。だけど夢ならば、決して現実にはならない儚《はかな》い想像のことならば、縋っていることにはならないと思う。憎い誰かを想像の中で殺したって、それは罪にはならない。誰かと想像の中で抱き合っても、それは相手の知るところではない。そういうことだ。縋ってみたってそれが夢なら、弱いということにはならない、はず。

『……しっかり、縋って、生きてるくせにね……』

「っ⁉」

――跳《は》ね起きた。

いつの間に眠りに落ちたのか、いや、眠っていたのはほんの数分か。突然に落下するような感覚があって、誰かの声でなにか言葉が聞こえた気がして、そして、

「……えっ⁉」

今度こそ、本当に飛び上がった。反射的に膝立《ひざだ》ちし、音のした方を振り返った。コツコツコツ、と、ガラスを……おそらくは窓を、叩《たた》く音。寝室からそれは聞こえてきた。

泥棒《どろぼう》？　変態？　人殺し？　……音はもう一度、もっとはっきりと聞こえて、大河は音を立てずに立ち上がった。さらけ出した肩にマフラーをしっかりと巻きつけ、音の聞こえた寝室に果敢《かかん》にも向かう。ちょっとやめてよ、と。冗談《じょうだん》じゃないって、と。イブに焼死もいやだけど、

誰かに殺されるのなんてもっといやだ。木刀《ぼくとう》は寝室だ。腕っ節には自信がある。本物の犯罪者にどこまで立ち向かえるのかなんてわからないが、このままむざむざやられるよりは——ドアを開き、寒すぎる真っ暗な寝室に裸足《はだし》で踏み込み、決死の覚悟でカーテンを開いて、

「……」

ひー。

叫んだのは、喉《のど》の奥だけ。声も出ないほど、驚《おどろ》いた。

へたへた、と腰が砕《くだ》けて座り込んだ。

どうして、窓の向こうに、高須家《たかすけ》との間を隔《へだ》てる塀《へい》に立ち、落ちる寸前の体勢で窓に手をつき、ガラスを叩くクマが——サンタの帽子《ぼうし》をかぶった、クマが、いる。

コンコンコンコン！　と、クマの手が窓ガラスをさらに激《はげ》しく叩く。お・ち・る！　と叫ぶみたいに。限界がきたのか、その足元がぐらぐらと揺《ゆ》れる。突っ張った全身がプルプル震《ふる》える。転落まであと何秒か、危機《きき》の瞬間《しゅんかん》を目《ま》の当たりにして、

「サ——」

迷いも吹《ふ》っ飛び、おもわず慌《あわ》てて窓をあけてやってしまっていた。

「……サンタ、さん……？」

手を貸して、部屋《へや》に引っ張り込む。これでサンタでなかったら、本気の本当ですごくやばい。

だけどクマは大河の寝室に引き上げられ、しばらく床《ゆか》に手をついて四つんばい、疲れ果てたみ

たいに「はあ、はあ」と息を整《ととの》え、ややあってコクン、と頷《うなず》いて見せた。

サンタである、と。

「うそ。……ほんとに？」

もう一度頷く。大きすぎる頭部を押さえて、ゆっくりと。うそじゃない。本当に、サンタである。なにより雄弁にそう伝えてくれる。

「……あ……、あはは……」

——一体全体、どうしてそんな気になったのか、自分でもはっきりとはわからないのだけれど。

「……あははは！　なんだこれーっ！　あははは！」

気がつくと、大河《たいが》は笑い出していた。おなかを抱えて、大爆笑《だいばくしょう》していた。なにがなんだかわからないのに、だけど確《たし》かに、信じたのだ。これはサンタクロース。クマのサンタが、来てくれた。いいこでいたから、約束どおりにもう一度会いに来てくれた。弾《はじ》けるように大笑いしながら、サンタの手を取った。立ち上がらせてやって、ヨタヨタするその腕を引いて、片付いていないリビングに連れていった。

「サンタさん！　見て、あれが今年《ことし》のうちのツリーなの！」

クマの黒いプラスチックの目が、小さなツリーを見た。そして大河の方に向き直り、親指をグッと上げてみせてくれた。認められた、サンタクロースに！

「やったあ！　絶対これってステキって思ったのよ！　やったーやったーすっごーいっ！　サンタさんにツリーを褒《ほ》められるなんて……ううん、ツリーだけじゃなくて！　これってすごいすごいすごいことよっ！　ああもうなんてことなの、本当に来ちゃった！　サンタさんが本当に来ちゃった！　クマだけど、クマでもいい！　全然いい！　……夢、みたい……っ！」

きゃー！　と大河は叫びながら飛び上がった。何度もジャンプし、その場でクルクルと回転した。嬉《うれ》しくて嬉しくて、天に向かって両手で投げキッスまでしていた。

そしてバンド演奏のために練習しまくったクリスマスソングを歌う。ホップ、ステップ、ジャーンプ！　で、サンタの胴体にびよーんと飛びつく。両手で思いっきりしがみつく。力の限り、必死に抱きつく。暖かいぬくもりをしたそのクマのサンタは、そっと両腕を伸ばし、しがみついた大河の身体《からだ》を強く抱きしめてくれた。頭を撫《な》でて、髪を撫でて、背中を抱きしめかえしてくれた。

こんなふうに背を抱いてくれる腕が、今までにあっただろうか？

信じて預けたこの心を裏切らない腕が、他《ほか》にあるだろうか？

ない、ない、ないないない。他にはない。どこにもない。ここにしかない。身体の奥から、喜びの熱《ねつ》が湧《わ》き上がる。テンションが上がってバカみたいになる。今年は一人《ひとり》じゃないんだ。大河は目を閉じ、暖かな胸に頬《ほお》をこすりつける。今年はサンタが来てくれた。夢がかなった。現実になった。抱きしめてくれた。なんて──なんて幸せなのだろう。

全力でしがみついたまま、大河《たいが》は歌い続けた。埃臭《ほこりくさ》い体に顔をうずめ、裸足《はだし》のままで、歌に合わせてステップを踏んだ。クマのサンタも踊ってくれた。右へ、左へ、そしてクルクル回って、今度は反対に回って。

バカみたいにゲラゲラ笑って、足がもつれるほど踊って、しがみついて、本当はかなりヘタクソな歌を歌った。好きなフレーズばかりを、ループさせて歌った。何度も抱きついて、転びかけて、涙が出るほど大笑いして……いつまでもこうしていられたらいいのに。大河は心からそう思う。こんな時間が永遠に続けばいいのに。永遠に、クマのサンタと踊っていられたらいいのに。

しかし、だ。

「ああ……現実、なんだね！　夢が現実になったんだ……！」

呟《つぶや》いて、顔を上げた。

ふうー、と、一つ、長い息を吐いた。

叶《かな》うはずのなかった夢は叶い、いまや現実となった。夢なら永遠を願《ねが》ったっていいのだ、だっていくら願ったところでいずれ必ず醒《さ》めてしまうのだから。

だけど現実はそうではないから。

「……ありがとうね」

自分で、この手で、この血の通う手で、幕《まく》を引かなければいけない。

「本当に、ありがとうね。……竜児《りゅうじ》」

笑いすぎてまだ跳《は》ねる息を整《ととの》えて、苦しそうなクマの頭を取ってやる。真冬だというのに汗まみれの真《ま》っ赤《か》な顔が現れて、「あっ、取るなバカ!」——思わず噴《ふ》き出しかける。なんでそんなにあせるのよ。バレないとでも思ってたのだろうか、こいつは本気で。

「で、どこでこんなモン、見つけたわけ?」

「……着てた奴《やつ》に、借りたんだよ」

ぶっきらぼうに目をそらし、竜児はしかし不器用に笑ってみせてくれた。せっかく上げていた前髪も汗で額《ひたい》に張り付いてしまって台無しだった。いや、髪形どころではない。

「っていうかあんた……スーツはどうしちゃったの?」

「だから、これ着てた奴に、交換してもらった。あっ、もちろん当然返してもらうぞ! 当然、当然!」

はあ〜……とため息。バカだ、竜児はやっぱりバカだ。

「これからって時に脱いじゃうなんて……信じられない! ったくもう、ばか! ばかばかばかばか! せっかく用意してやったのに! せっかくみのりんと会えるのに!」

「ばかってなんだよ!? ……ん!? みのりんと会えるって、なんだよ!?」

「だから言ったでしょ、エンジェル大河《たいが》さまを信じなさいって。みのりんはパーティに向かったはず。もうついてる頃《ころ》かもね。ほら、まだ間に合うから急いで戻るのよ!」

「は⁉　でも……いや、でも、今日《きょう》はもう……格好《かっこう》もこれだし、俺《おれ》はおまえを一人《ひとり》にさせたくなくて帰ってきたんだ」

「なーに言ってんだか！　私ならもう大丈夫！」

グズの身体《からだ》を思いっきり突き飛ばし、ふんぞり返って笑ってみせる。

「なりきりサンタとなりきりいいこ、久しぶりにおなかが痛くなるまで笑っちゃった！　あんたのナリったらもう……爆笑《ばくしょう》もの！　あ、もちろん明日《あした》だって楽しみにしてるからね、約束のご馳走《ちそう》。みのりんと万が一うまくいったって、明日は高須家《たかすけ》でご馳走よ！　忘れてないでしょうね⁉」

「あ、あったりまえだろ、忘れるわけねえって！」

「ならよーし！　……ほら、行って！　立って！　急ぐの！　これで竜児がパーティにいなかったら、私みのりんに嘘《うそ》ついたことになっちゃう」

竜児の眼差《まなざ》しが、大河を見下ろした。

大河は肩を竦《すく》めて、もう一度笑ってみせてやる。竜児の顔を真正面から指差してやる。

「それに、『サンタ』、来ちゃったでしょ。……もう対価はもらってしまったんだもの、今年《ことし》は最後までいいこに徹《てつ》しなくちゃ。いいこでいさせてよ。みのりんをパーティに行かせるのが、私からあんたへの、本当のプレゼントなんだから。だから……受け取って。お願《ねが》い」

——本当に一人で大丈夫か、だとか。

そんなようなことを竜児《りゅうじ》は言っていた、と、思う。平気、大丈夫、いいから、それぱかりを繰《く》り返して、大河《たいが》は無理やりに竜児の腕を引っ張った。廊下から玄関に押し出してやろうとして、しかし竜児は「おう！」となにかに気づいたみたいにリビングへ戻ってしまう。グズめ、なにかと思えば、竜児はツリーの中のキャンドルを吹《ふ》き消し、「火の始末よーし！」と指差し確認《かくにん》している。火がついたままじゃ心配で行けない、とかなんとか。

本当に、細かい野郎なんだから。

「はーいはいはい、わかってるわよ。私はドジだから火はもうつけません。誓う。これでいいわね？　……ったくもう、うるさいったら……わかったから急いで！　パーティ終わっちゃうよ！　ほらほら！　へいへい！」

ドシドシと背中を張り手で押してやった。しまいには尻《しり》のあたりに蹴《け》りまで入れてやった。突き出し、押し出しで玄関のドアから廊下へ竜児を放り出す。こんな格好《かっこう》で街を走っていたらさぞかし目立つだろうが……いや、クリスマスイブなんだし、意外と馴染《なじ》むか。

「おら行けグズ犬ーっ！」

ありがとうな！　——ようやく背を向けた竜児は、最後にそう叫んだ。ドアを閉じる前に、大河は竜児の姿を見もしなかった。

そして、鍵《かぎ》をかけて。

やっと、行った。

一息つく。これでミッションは本当に終了だ。エンジェル大河、やるべきことはやった。階段を下りていった足音も遠ざかり、ようやく聞こえなくなった。

「あーあ……どっと、疲れちゃった……」

大騒《おおさわ》ぎしすぎた自分が悪いのだが。そして一人《ひとり》ぼっちの家の中に、元の静けさが戻る。伸びをしながら、大河は裸足《はだし》でリビングへ戻っていく。

静か過ぎる部屋《へや》に、エアコンの音だけがやっぱり耳障《みみざわ》りだった。竜児がここにいたときには、全然思い出しもしなかったのに。

「やっと行った、やっと行った、やっと行った……」

元いたラグの上に戻って、下らない鼻歌を低く歌いながら、ツリーにもう一度火を灯《とも》そうと思う。慎重《しんちょう》にやるし、大丈夫。せっかく買ったキャンドルのツリーに、今夜火を灯さなくてどうする。しかし、

「……あれ？　あれ、あれ、あれ……どうして？」

ライターが見当たらない。

どこへ置いたっけ、と記憶《きおく》をたどる。ここにポン、と置いてしまったことしか覚えていない。その後竜児が現れて、バカみたいに大騒ぎして、そして炎を吹き消されて、

「……あ。もしかして」

こうなることを見越して、竜児が持ち去ったか。思いついてしまえば、絶対そうとしか思え

なくなる。サンタのくせにプレゼントもない上、泥棒《どろぼう》までしていくとはいい根性だ。二十六日になったら三分の二殺しぐらいにしてやろうと決める。

仕方なく立ち上がり、他《ほか》になにかないか辺《あた》りを見回してみる。竜児《りゅうじ》が整理《せいり》整頓《せいとん》しているテーブルの引き出しを見て、竜児が整理整頓しているAVボードを漁《あさ》って、竜児が整理整頓しているキッチンの引き出しも見るが、やっぱりライターもマッチも見つからない。なによもう、と、大河《たいが》は立ち尽くした。自分の家なのに、どこになにがあるのか全然わからないなんて。

これではツリーにキャンドルを灯《とも》せない。

「……もう、やだ……」

本当に細かい奴《やつ》なんだから。

そのくせ、自分はあんな非常識《ひじょうしき》な登場をしておいて。なんだクマって。

「……ほんっとに、やだ……」

「……やだ……」

それでいつまでもグズグズして。間に合ったのだろうか、ちゃんと。

「……や、」

ちゃんと実乃梨《みのり》に、想《おも》いを、伝えら

「……」

いやだ。

「……え？　どうして？」

驚《おどろ》いて、自分に自分で訊《き》いていた。触れればやっぱり、指先は濡《ぬ》れるのだ。どうして、頬《ほお》に涙が溢《あふ》れているのだろう？

「ああ……そうか」

ちょっと考えて、静かに頷《うなず》いて、納得《なっとく》した。

これで終わりだからだ。

まるで夢のように、竜児に縋《すが》って生きてきた。「これは縋っているんじゃない、面倒《めんどう》をみさせているのだ！」とか、わけのわからない言《い》い訳《わけ》を自分にしながら、「どうせ今だけだから。たとえば竜児が引っ越したり、私が引っ越したり、みのりんと付き合うことになったり、北村《きたむら》くんと付き合うことになったりすればどうせこのままではいられないのだから」――なんて思いながら、竜児とともに生きていたのだ。竜児の優《やさ》しさに許されるままにしがみつくみたいにして、生きていたのだ。これだって夢なんだから、弱いのではないよね。これぐらいいいよね、と。

それが今夜で、終わりになった。

実乃梨は竜児に惹《ひ》かれていると思う。竜児は、本当に実乃梨に恋していると思う。二人《ふたり》はつまり、両想《りょうおも》い。だから二人《ふたり》は、付き合うことになるだろう。そうしたら自分は今までのようにしてはいられない。高須家《たかすけ》にも、今までみたいには出入りできない。なにかあっても、竜《りゅう》児《じ》をもう呼んではいけない。竜児の隣《となり》を、歩いてはいけない。傍《かたわ》らにいるのは自分じゃない。

だから、

「……いや、なんだ……」

それが悲しいのだ。

驚《おどろ》いた。

そんなこと、全然考えたことはなかった。竜児と離《はな》れなくてはいけないことがいやだ、なんて、本当にすこしも思わなかった。だって惹《ひ》かれていたのは、憧《あこが》れていたのは、夢見ていたのは、いつだって北村祐作《きたむらゆうさく》だった。彼のことばかりを想っていた。恋していたのは、北村祐作だったはずだ。なのにどうしてこうなるのだろう？

あのとき——北村祐作が好きな女に告白し、傷つけられた日のことを思い出す。あの日、あんなにも激昂《げっこう》して、己《おのれ》のその先を考えることもなく、狩野《かのう》すみれをぶっ殺しに行った自分のことを考える。

確《たし》かにあのとき、自分のことよりも、北村のことを考えていた。自分の傷よりも、北村の傷が気にかかった。自分の心を後回しにできたのは、それは多分《たぶん》、竜児がいたからだ。自分の心のことは、竜児がわかってくれるとどこかで信じていたからだ。だから自分の傷を自分で覗《のぞ》き込まなくたってよかったのだ。いつだって、竜児がすぐ傍らで、自分のことを見てくれていると思っていた。

　そして、それは正しかったのだろう。だって、暴力《ぼうりょく》という間違いを犯した自分のこの手を掴《つか》んでくれたのは、この身体《からだ》を止めに来てくれたのは、――助けに来てくれたのは、確かに竜児だったのだから。

　そんなふうに甘やかされて、大切にされていた。自覚しないまま、自分はその優《やさ》しさに甘えて縋《すが》って生きてきた。

　自分が恋をしていられたのも、それもすべて、傍らに竜児という確かな「力」を感じられていたから。北村くんとこんなことができたら、あんなことができたら、こんなふうに思ってもらえたら、……そんなふうに浮かれる自分を、竜児がずっと、見ていてくれたから。見ていてくれるとわかっていたから。この心を、預けておけたから。

　こうなるまで――失ってしまうまで、本当にすこしも気づかなかった。心を預けられるということの有《あ》り難《がた》さを、自分は全然わかっていなかった。竜児の存在を「力」だなんて、思ってもみなかった。なんてばかなんだろう。自分で自分のからっぽ頭を蹴《け》っ飛ばしたくなる。自分が立っている地面のこともわからなかった。竜児という土なしには、花も実もつくわけがなかった。今ではもう、顎《あご》まで滴《したた》る涙を拭《ぬぐ》うこともできない。

　竜児がいなければ、恋もできない。

だって、今こうやって、立っているのがギリギリなんだもの。

生きていられるかどうかもわからない。

竜児《りゅうじ》のことが必要だった。

つまり、竜児が、好きだった。

ずっと前から、自分は。

これで終わりなんて、もう終わりなんて、竜児の傍《そば》にいられないなんて、そんなのはいやだ。

耐えられない、生きていけない、そんなのはいやだ。いやだ。


——いやだ！


「……っ！」

無我夢中《むがむちゅう》で、走り出していた。

リビングを飛び出して裸足《はだし》のままでドアを蹴《け》り開け、玄関から飛び出す。冷たい廊下を駆《か》け出す。竜児が下りていった階段を追って、大河《たいが》も三段飛ばしで駆け下りていく。ミニスカートの裾《すそ》が裂ける。大理石のエントランスを全力疾走《しっそう》で走り抜けながら、溢《あふ》れる涙を止めるすべはわからない。間に合って、どうか間に合って、祈るみたいに息を止める。

重いガラスの扉を体当たりで押し開く。凍《こご》える風が吹《ふ》きすさぶ夜の道路にまろび出る。素足《すあし》に冷え切ったアスファルトが突き刺さる。

右を見た。左を見た。いない。竜児はもういない。ここにはいないのだ。どうしよう、涙に歪《ゆが》む顔を両手で覆《おお》った。足が止まって、肺いっぱいに真冬の空気を吸い込んで、

「……竜児ぃぃぃぃぃ――――――――――っっっ！」

夜空に向かって一声叫んだ。

通りすがりのカップルが、驚《おどろ》いたみたいにこちらを見たのに気がつく。「ケンカ？」「なんかかわいそ……イブなのに」――かわいそうか、自分は。大河はさらに大きな声で、赤ん坊みたいに泣き喚《わめ》く。

泣いて、泣いて、竜児の名前を呼ぶ。

もう届くわけがない、そうわかっていて、繰《く》り返し叫ぶのだ。喉《のど》が嗄《か》れても叫び続けた。

そして、嵐《あらし》みたいにぐちゃぐちゃになった心の一方で、頭はクリアでもいた。あーあ、と泣き叫ぶ自分を呆《あき》れたみたいに見下ろしている自分がいた。これだから現実はいやなのよ、と。

夢と違って壊《こわ》れてしまう。失われてしまう。

望んだときに現れてくれた瞬間《しゅんかん》も、抱きしめあった感触も、すべては現実だった。このままでいたい、失いたくないと願《ねが》ったのも現実だった。そして、それらは今、砕《くだ》け散って消えていく。

そう、ずっと愚《おろ》かな夢を見ていた。

それは、自分が竜児《りゅうじ》を父親のように慕《した》っているんだ、という勘違《かんちが》い。竜児は実乃梨《みのり》と結ばれて、そして自分は「巣立ち」して、一人《ひとり》で生きていく。そんな未来を望んでいる、というのも、すべてがまるごと勘違い。愚《おろ》かなことに、寂《さび》しくたって耐えられるのは、父である竜児の想《おも》いが、自分が一人で生きていく力を育ててくれるから……とか、寝ぼけたことを考えたりもして。父というのは、そういうものだと思い込んで。

だけど現実はそうではなかった。竜児は、父親なんかではなかった。自分を顧《かえり》みてくれない父親への執着《しゅうちゃく》はそれとしてあり、竜児への執着もまた、それとしてあった。そして別れの瞬間《しゅんかん》は、「巣立ち」なんて前向きなものではなく、ただの「喪失《そうしつ》」。自分は竜児を失って、たった一人で、孤独な未来を生きていかなくてはいけない。

――本当は、竜児と共にありたいのだ。今になって、やっとわかった。二人《ふたり》で手を携《たずさ》え、新しい毎日を、ずっと一緒《いっしょ》に進んでいきたかったのだ。だけどそれはもうできない。すべては遅すぎた。現実は、壊《こわ》れた。そして夢からも醒《さ》めた。残ったのは、この身ひとつ。

いったいどこで自分は間違えたのだろう。竜児は言ってくれていたのに。「自分は竜《りゅう》で、おまえは虎《とら》。竜と虎は、並び立つんだ」と。なのにバカな自分は夢ばかり見て、竜児にぶらさがるだけぶらさがって、甘えて、縋《すが》って、逃げてばかりで、何一つ真面目《まじめ》に考えなかった。いずれ、いずれ、と先延ばしにして、そのしわ寄せが結局このザマだ。

「……りゅう、じ……っ！」

世界が涙に沈んでいく。

もういい、全部壊れてしまえ——とか、言って。映画やドラマだったら、このあたりでそろそろ都合《つごう》よくフレームアウトしてくれるところだろう。もしくは相手役の男が目の前に現れるか。だけど現実はやっぱり残酷《ざんこく》で、自然にフレームアウトなんてしてはくれないし、竜児だって現れはしない。いっそこのまま力尽きて死んでしまえたらドラマチックなのに、人間なかなか簡単《かんたん》には死ねない。特に自分という女はまた、いやってほどに頑丈《がんじょう》にできているのだ。

無様《ぶざま》で、惨《むご》くて、悲しくて寂しくてみじめでみっともなくてバカみたい。でも、生きてる。それが大河《たいが》の現実だった。ここから逃げたりはしない。泣いてしまったけれど、このまま死んだりはしない。

強くなりたいから。

それは、真実だから。

文化祭の、ミスコンの時を思い出す。あのときだって、自分は立ち上がれた。今度だって立ち上がってみせる。竜児の応援がなくたって、実乃梨の応援がなくたって、なんとか一人でやってみせる。これからは本当に、ずっと一人でやってみせる。立ってみせる。

涙に濡《ぬ》れた顔を上げた。

全部受け止めて、飲み込んで、恥《はじ》をかいても生きていくのだ。たくさん失《な》くして、たくさん傷ついて、ボロボロになって育っていって、そうしていつか、絶対に、本物の強い大人《おとな》になる。

そういう自分の未来のために、畜生《ちくしょう》、立ち上がってやるのだ。それまでは何度でも、何度でも。何度だって、コケてやるとも。そのたびしぶとく立ち上がってやるとも。親に捨てられた？　どんとこい。停学食らっちゃった？　どんとこい。竜児《りゅうじ》も行っちゃった？　どんとこい。なんでもこい、どんとこい。

これがすべて、この先の長い生涯《しょうがい》を、一人《ひとり》で生きていくための練習になるのだ。

それでも、最後にもう一度未練がましく呼びかけた名前を、

「りゅ……ぅックショーイ！　……あー……」

思いっきりのクシャミがぶっ飛ばしてくれる。

裸足《はだし》に肩も丸出しではあまりにも寒すぎた。鼻水だって垂《た》れてきた。大河《たいが》は奥歯を噛《か》み締《し》めて、鼻をすすって、ノロノロと立ち上がった。膝《ひざ》についたゴミを払う。涙と鼻水で痒《かゆ》くなってきた顔を拭《ぬぐ》う。そうして立って、歩いて、マンションにかっこ悪くも帰っていった。

そして、ついに、本当に、一人になる。

そして、そしてだ。

大河はずっと先まで、知ることはなかった。マンションのエントランスから駆《か》け出してきたそのときに、本当にぴったりのタイミングで、通りの向こうに実乃梨《みのり》がいたことを。ただ通り

がかったのではなくて、大河の真意を訊《き》きただすために、実乃梨はマンションに向かっていたところだった。

そして、そして、そして。

すべてを見ていた実乃梨は、しっかり理解した。自分の推測がすこしも間違ってはいなかったことを。

＊＊＊

やっちまった、と思う。

真冬の空に星と月がロマンティックに瞬《またた》き、竜児の歪《ゆが》んだ悪鬼面をおどろおどろに照らし出す。

竜児はクマの着ぐるみのままで、校門前に立っていた。実乃梨へのプレゼントをスーツのポケットに入れたままで、携帯《けいたい》の番号も知らない、違うクラスの奴《やつ》と服を交換してしまったことについさっき気がついたのだ。最後の最後でしくじった。会場にまだ実乃梨の姿はなかったが、そいつの姿も見当たらなかった。竜児が会場からいなくなってしまったから、彼もそのまま帰ってしまったのかもしれない。

もしかしたらまだ近くにウロウロしているかも、と慌《あわ》てて寒空の下に出てきたのだが、人の気配《けはい》はどこにもなかった。どうするか、と小脇《こわき》にクマの頭部を抱えたあまりにもしまらないスタイルでしばし白い息を吐く。渡すプレゼントもなしに、一体どう話を切り出せばいい。

やっちまったよ、大河《たいが》――一つの失敗が、たちまち心を不安定に揺《ゆ》さぶっていた。唐突《とうとつ》に臆《おく》病《びょう》になって、ここからいっそ逃げたくさえなる。それでもそうしないのは、行ってこい、と背中をキックしてくれた大河から、幻《まぼろし》のバトンを受け取った気がしていたからだ。これを次に繋《つな》げなくては、大河の想《おも》いも繋がらない。夢見たリレーは繋がらない。

プレゼントは失《な》くしてしまったが、この手は空《から》っぽではない。

安っぽい化繊《かせん》のクマの手を、竜児《りゅうじ》はぎゅっと握ってみる。冷たい真冬の風の中で、弱気になる自分と静かに向き合う。実乃梨《みのり》に見せたいものは、いつだって自分の中にある。そこから自分が逃げてどうする。ブカブカの気ぐるみの中で丸まりかける背をぐっと伸ばし、まっすぐに立ち、顔を上げた。グッチのスーツはないけれど、大河からのプレゼントは確《たし》かにこの手に受け取っているのだ。

そのときだった。

「やあ！」

「……お、おう……！」

軽い足音とともに現れたのは、ニットキャップをかぶった実乃梨だった。ずっと待ちわびた実乃梨の姿が、ついに、やっと、現れたのだ。

頭の中が真っ白になる。痺《しび》れたように、身体《からだ》は固まる。

ダウンにデニム、赤いチェックのマフラーをグルグル巻きにした実乃梨は、手袋の右手をびしっと上げて、寒風に晒《さら》されて赤くなったのであろう鼻をすすって微笑《ほほえ》んでいた。

寒さのせいではなしに、竜児は口ごもる。思った以上に、あせって震《ふる》える。まず、来てくれたことに礼を言って。このふざけた格好《かっこう》について説明して。そして、どうしてこんなにもここに来てほしかったのかを、説明して。……などと考えていたことが、実乃梨の姿を目《ま》の当たりにした瞬間《しゅんかん》に、全部吹《ふ》っ飛んでしまっていた。溢《あふ》れ出しかける。順序など関係なしに、心の中身が全部溢れ出しそうになる。必死に飲み込み、立ち尽くす。

「それ、いいクマだね、高須《たかす》くん」

先に口を開いたのは、実乃梨だった。ほとんど直立不動で、竜児は久しぶりに二人《ふたり》きりで話す実乃梨の表情を見た。

実乃梨はその視線《しせん》に気づいたみたいに、ニットキャップを深くかぶり直す。竜児はほとんどオートマチック、目元を隠《かく》すニットキャップを、ずいっと上に押し上げていた。

「……」

「……」

二人して、無言のままだ。実乃梨はもう一度、ニットキャップを摑《つか》んでもっと深くかぶる。もう一度竜児はそれを押し上げる。また深くかぶる。押し上げる。意味不明の暗闘《あんとう》が続いて、

そしてとうとう、

「く、櫛枝《くしえだ》！」

竜児《りゅうじ》は実乃梨《みのり》のニットキャップを奪《うば》っていた。実乃梨は一瞬《いっしゅん》固まったみたいになり、なにを思ったのだろう。両手で自分の顔を覆《おお》った。

その手首を掴《つか》み、顔を見たかった。顔から引き剥《は》がそうとする。しかし実乃梨の力は本当に強くて、そう簡単《かんたん》には外《はず》れない。

「なっ、なんだよおまえは⁉　なんなんだよ！」

「高須《たかす》くんこそなんだよ⁉」

「おまえがなんだよ⁉」

「高須くんが、高須くんが……あーもうっ！　でえええええーい！」

はぶっ！　と、竜児はその先の言葉を紡《つむ》げなくなる。実乃梨はその手で、卑怯《ひきょう》にも両手で、竜児の唇をがっちりと掴んで閉じていた。

「ぶび……べ……うぁ……っ⁉」

「……高須くん……ごめん、ちょっと先に、言わせて」

そうして顔を、伸ばした自分の腕の間に突っ込むみたいにする。思いっきり下に向ける。絶対にどんな表情をしているのか、竜児には見せてくれないのだ。そして言葉を、低く紡ぐ。

「あのさ……覚えてる？　夏休みにあーみんの別荘でさ、夜に二人《ふたり》で話したよね。変なこと。

UFOがどうとか、幽霊《ゆうれい》がどうとか」

「ぶ……うぶっ……？」

うぶうぶ唸《うな》りつつ――なんだ？　と、竜児はかすかに首を傾《かし》げていた。実乃梨の言わんとしていることは予測がつかなかった。

確《たし》か実乃梨は、UFOや幽霊を、恋にたとえていたはずだ。見える奴《やつ》は見まくるのに、見えない自分にとってはその存在さえも感じられない、だとか。そして、自分はそれが見えない人間なのではないか、と言っていた。そうだ。だから自分はことあるごとに、実乃梨にもUFOが、幽霊が見えたらいいと願《ねが》っていた。

が、今それを思い出したことに、どれだけの意味があっただろう。

「あのね、UFOも幽霊も、やっぱり私には見えなくていい、って、思うんだ。……見えない方がいいみたい。最近いろいろ考えてね、そう思うように、なったんだ。……私は、それを高須くんに言いたかった。だから来たんだ」

否定されて、今。どれだけの意味が。

「言いたいことばっか言って、ごめん。……櫛枝《くしえだ》は、これで帰ります」

竜児の唇から、実乃梨の指が、そっと離《はな》れていった。竜児の手から、実乃梨の手が、そっと
ニットキャップを取り返した。

深くかぶり、目元を隠《かく》し、すちゃっ、と片手の敬礼。唇だけは、笑っているみたいに見えた。

実乃梨《みのり》はそして、踵《きびす》を返した。

大股《おおまた》で、すたすたと、ウオーキングするみたいに本当にそれで帰っていった。

——なんだ？

——つまり？

——告白されるかも、という気配《けはい》を感じて、先回りで、ふられたのか？

「……え？　マジで？」

ふられたのか？

本当に？

今のが？

これが？

「……失恋……？」

真冬の夜の路上に、竜児《りゅうじ》は棒立《ぼうだ》ちになる。頭に浮かぶのはクエスチョンマークばかり。プレゼントどころの話ではなかった。そもそもまったく、好かれていなかったのだ。痛みはまだこない。鈍《にぶ》い衝撃《しょうげき》の中でぼんやりと立ち尽くしたまま、天を見上げる。

『壊《こわ》れたって、直るのだ。』——もう直らないと思う。

『壊れるたびに、作ればいいのだ。』——もう作れないような気がする。

『だから壊れたって泣くことはないのだ。』——泣くこともできないでいるのだ。

それでもきっと光っているはずのオリオンを探す。

声の届く誰《だれ》かを探す。

天が、大きく、回転する。

＊＊＊

十二月二十五日、午前十時。

竜児は台所で倒れていたところを、目を覚ました泰子《やすこ》に発見された。一体いつから倒れていたのか、本人にしかわからない。だから、今はまだ誰もわからない。

インフルエンザを発症して、熱《ねつ》は三十九度を超えていたのだ。

担《かつ》ぎこまれた病院にそのまま入院と相成《あいな》って、いまだ意識《いしき》ははっきりとはしない。泰子に連絡をもらい、大急ぎで病院に現れた大河《たいが》は、妙に腫《は》れぼったい目をして自分も鼻をズルズルいわせていた。イブの晩になにが起きたかを知るのはその二日後、竜児の意識が戻ってからのことだった。

こうして満身創痍《まんしんそうい》のまま、年が暮れていく。クリスマスも、大掃除《おおそうじ》も、すべては竜児の熱に浮かされた夢の中に溶けて消えていく。

「……そしておれは、まかいてんせいしたんだ……」

竜《りゅう》ちゃあ〜ん、しっかり〜！　気を確《たし》かに〜！　泣き出しそうな実母の声をバックに、沸騰《ふっとう》寸前の竜児《りゅうじ》の脳みそは、意味不明の妄想《もうそう》を紡《つむ》ぎ続ける。

「……おれはさつじんびーむをたいがとはっして、びびび、びびび……このよをしはいしたかったのだ……たぶん……。だがちちおやはくろまくで、ますくをとると、そこにはくしえだのかおが……なんでなんだ、くしえだ。なんなんだおまえは。そして、どくしんはあかいいとをきられて、やけになって、まんしょんを……かった……」

炎舞《ほのおま》う魔法《まほう》の世界で、竜児は剣を片手になにかと戦い続けていた。宙を跳《と》び、影《かげ》を斬《き》り、ワザの名前を唱《とな》えながら、心のどこかで『今年《ことし》は粗大ゴミを出せなかった！』と嘆《なげ》いていた。

「……たいしんぎそう……だった……」

しっかりしろ弱虫め！　と、小さな手が往復ビンタをくれた。あっ、ちょっと目が開いた！　と実母が叫んだ。やめろ、痛いから。しかしそれは声にならない。ただひたすら、竜児は魔界で虚《むな》しく敵を斬り続ける。

——ああ、つまらない、つまらない。

目を開けたからって、それでなにを見ろと言うのか。

この空の星なら、とっくに全部、爆発《ばくはつ》して堕《お》ちてしまったじゃないか。

そして、暗転——。

あとがき

もうね、圧倒的に三十路《みそじ》！　T宮《みや》Yゆこ（30）です。自分のうちのマンションの、オートロックの暗証番号を、ある日突然忘れました。

パジャマにダウンを羽織《はお》っただけのナリで犬の散歩に出かけた帰りに、エントランスで遭難《そうなん》です。片手に犬を抱《かか》えたまま棒立《ぼうだ》ちです。思い出せないのは、たった4ケタの数字なのです。しかもよく見りゃズボンが裏返しだし、自分は寝起きだけど世間様的にはとっくに昼下がりだし、適当にそれらしい数字を打ってみるも開きゃしないし、真冬で寒いしみっともないし……結局住人の方が通りがかって帰宅することができましたが、そのときの終末感たるや凄《すさ》まじいものがありました。坂道を転がるように生きています。OIが止まらない！

そんなこんなで私は三十、そして『とらドラ！』は七巻までできました。ここまでお付き合いいただきました皆様、本当にどうもありがとうございました！　じ……じじじ、……実は！

二〇〇五年からシリーズを開始して七巻、プラス、スピンオフ一巻。今日《きょう》まで皆様が応援して下さいましたおかげで、今回は、超・超・超たいへんなお知らせをさせていただけることになりました。『とらドラ！』が！　今年《ことし》！　アニメになります！　うおお……！

まだまだ嬉《うれ》しい、よりは「どどどどうしよう!?」が勝っている状況ですが、とにかく、いつもお力を頂《いただ》いている読者の皆様にご恩返しができるよう、楽しんで頂けますよう、良い作品にするべく頑張《がんば》りたいと思っております。なのでどうかこれからも引き続き、『とらドラ！』に皆様の愛とパワーを分けてください！　どうぞよろしくお願《ねが》いいたします！

というわけで、のんきに老《お》いてる場合ではない私であります。時よ止まれ……いや、いっそ戻れ！　とりあえず脳みそだけでいいから蘇《よみがえ》れ若さよ！　なんなら肉体の年齢《ねんれい》と引き換えにしてもよい！　……などと日々真剣に若返りの法を考えていたら、この『とらドラ7！』の脱稿直後に左頬《ひだりほお》が爆発《ばくはつ》しました。超痛く、熱《あつ》く、赤く腫《は》れ物《もの》ができたのです。「想《おも》い、想われ、振り、振られ……振られニキビ！」なんて笑っていたのもつかの間、すぐに表情も動かせないほどデカく育って、明らかに病院行きな感じになりました。そして皮膚《ひふ》科《か》に行くや否や、お医者さんに「あっ！」と患部を指差される始末です。症状を説明する暇もなくベッドに寝かされ、小さなナイフで切開され……以下略。これも若さをねだった呪《のろ》いなのでしょう。時の流れに刃《は》向《む》かいし愚か者に下された罰なのでしょう。いい年こいて顔におでき（もうゴールしてもいいよね、これはニキビじゃないんだよね）なんか作っちゃって、私は私が恥《は》ずかしい。なので正攻法、今はとにかく甘い物をたくさん食べて、脳みそに粛々《しゅくしゅく》とブドウ糖《とう》を送っております。

それでは、今回も最後まで読んで下さいました皆様。心よりお礼申し上げます。どうもありがとうございました！　次は『とらドラ8！』、末広がりの八巻です！　引き続きよろしくお願いいたします！　そして担当様＆ヤス先生、我々も末広がりに頑張って参りましょう！

竹宮《たけみや》ゆゆこ

●竹宮ゆゆこ著作リスト

「わたしたちの田村くん」（電撃文庫）
「わたしたちの田村くん2」（同）
「とらドラ！」（同）
「とらドラ2！」（同）
「とらドラ3！」（同）
「とらドラ4！」（同）
「とらドラ5！」（同）
「とらドラ6！」（同）
「とらドラ・スピンオフ！ 幸福の桜色トルネード」（同）

本書に対するご意見、ご感想をお寄せください。

■

あて先

〒102-8177 東京都千代田区富士見2-13-3
電撃文庫編集部
「竹宮ゆゆこ先生」係
「ヤス先生」係

■

電撃文庫

とらドラ7!

竹宮《たけみや》ゆゆこ

◆◇◇

2008年4月10日　初版発行
2024年11月15日　21版発行

発行者　山下直久
発行　株式会社KADOKAWA
〒102-8177　東京都千代田区富士見2-13-3
0570-002-301（ナビダイヤル）
装丁者　荻窪裕司（META＋MANIERA）
印刷　株式会社 KADOKAWA
製本　株式会社 KADOKAWA

ISBN978-4-04-867019-7　C0193　Printed in Japan

電撃文庫　https://dengekibunko.jp/

電撃文庫創刊に際して

文庫は、我が国にとどまらず、世界の書籍の流れのなかで〝小さな巨人〟としての地位を築いてきた。古今東西の名著を、廉価で手に入りやすい形で提供してきたからこそ、人は文庫を自分の師として、また青春の想い出として、語りついできたのである。

その源を、文化的にはドイツのレクラム文庫に求めるにせよ、規模の上でイギリスのペンギンブックスに求めるにせよ、いま文庫は知識人の層の多様化に従って、ますますその意義を大きくしていると言ってよい。

文庫出版の意味するものは、激動の現代のみならず将来にわたって、大きくなることはあっても、小さくなることはないだろう。

「電撃文庫」は、そのように多様化した対象に応え、歴史に耐えうる作品を収録するのはもちろん、新しい世紀を迎えるにあたって、既成の枠をこえる新鮮で強烈なアイ・オープナーたりたい。

その特異さ故に、この存在は、かつて文庫がはじめて出版世界に登場したときと、同じ戸惑いを読書人に与えるかもしれない。

しかし、〈Changing Times,Changing Publishing〉時代は変わって、出版も変わる。時を重ねるなかで、精神の糧として、心の一隅を占めるものとして、次なる文化の担い手の若者たちに確かな評価を得られると信じて、ここに「電撃文庫」を出版する。

1993年6月10日
角川歴彦

電撃文庫

とらドラ！
竹宮ゆゆこ
イラスト／ヤス

目つきは悪いが普通の子、高須竜児。"手乗りタイガー"と恐れられる女の子、逢坂大河。二人は出会い竜虎相食《あいは》む恋と戦いが幕を開ける！　超弩級ラブコメ登場！

た-20-3　1239

とらドラ2！
竹宮ゆゆこ
イラスト／ヤス

川嶋亜美。転校生。ファッションモデル。顔よしスタイルよし外面、よし。だけどその本性は――？　またひとり手ごわい女の子の参戦です。超弩級ラブコメ第2弾！

た-20-4　1268

とらドラ3！
竹宮ゆゆこ
イラスト／ヤス

竜児と亜美がまさに抱き合わんとしている（ように見える）場面を目撃した大河。一触即発の事態からなぜか舞台はプール勝負へ!?　超弩級ラブコメ第3弾！

た-20-5　1315

とらドラ4！
竹宮ゆゆこ
イラスト／ヤス

夏休み、亜美の別荘へと遊びにいくことになった大河たち。いつもとは違う開放的な気分の中、竜児と急接近を果たすのは――？　超弩級ラブコメ第4弾！

た-20-6　1370

とらドラ5！
竹宮ゆゆこ
イラスト／ヤス

文化祭の季節。クラスの演しものとかミスコンとかゆりちゃんの暗躍などなど楽しみなイベント満載の中、大河の父親が現れて……!?　超弩級ラブコメ第5弾！

た-20-8　1467